見えなくても王手

佐川光晴

Mitsuharu
Sagawa

実業之日本社

目次

見えなくても王手……3
あとがき……208

装幀　田中久子
装画　高杉千明

見えなくても王手

1

「おかあさん、将棋って、知ってる？」

小学部4年生の及川正彦《おいかわまさひこ》は左手で持ったスマートフォンに向かって叫んだ。1秒でも早く母に聞きたくて、教育棟1階の教室から寄宿舎棟へとつながる廊下が、いつもより長く感じられた。

本当は走って帰りたかったが、盲学校は、校舎内はもちろん、敷地内も、かけ足厳禁だ。幼稚部から高等部まで、目が不自由な児童生徒ばかり40名ほどが学んでいるのである。

校舎や寄宿舎の廊下や階段には、視覚障がい者誘導用ブロック、通称「点字ブロック」が設置されている。壁には手すりが付いている。正門から校舎各所の出入り口に続くルートや、校舎とグラウンドを結ぶルートには、点字ブロックがレールのように敷かれている。

　それに正彦の頭のなかには、島根《しまね》県立しまね盲学校の建物5棟の立体図がはっきり描かれていた。

　丘陵の斜面にあるため、管理棟の2階と教育棟の1階が同じ高さという、少々入り組んだ構造なのだが、もはや迷いたくても迷えない。

　3年前、6歳の4月に、出雲《いずも》市の親元を離れて、松江《まつえ》市内にあるこの盲学校に入学したのだ。やろうと思えば、管理棟1階の玄関から、一番離れた特別教育棟2階のパソコン室まで、白杖《はくじょう》なしで、走っていける。

　ただし、ほかの生徒が廊下や階段にいたら、こっちも向こうも目が見えないのだから、おたがいよけようがない。相手にけがをさせたらたいへんだし、こっちだって痛い思いはしたくない。だいいち、走っているところを先生たちに見つかったら、どれほど怒られるかわからない。

　はやる気持ちをおさえつつ、寄宿舎男子棟1階の自分の部屋に戻った正彦は白杖をドアの縁に立てかけて、机の中央に置かれた時計の上部をポンと押した。

「午後3時28分です」

　人工的な声が時刻を告げる。

　出雲の家にいたときから使っている視覚障がい者用の時計で、正彦がもう一度押すと、

「2017年4月10日月曜日です」と、こんどは日にちと曜日を教えてくれた。

3歳上の姉桃子《ももこ》によれば、テレビのクイズ番組で回答者が押す赤いボタンと、色もかたちもそっくりだという。

正彦は時計を机の左側に寄せて、ランドセルと手さげバッグを机の中央に置いてから、一番上のひきだしにしまっておいたスマートフォンをとりだしたのだ。

「おかあさん、おれが言ったこと、ちゃんと聞こえた?」

正彦が念を押したのは、母の周囲で物音がしていたからだ。

「ちゃんと聞こえたわよ。おかあさんが、将棋を知っているかって聞いたんでしょ。でも、ほんのちょっとだけ待っててちょうだい。いま、洗濯物をとり込んでいるの」

出雲大社の参道、神門《しんもん》通りに店をかまえる老舗《しにせ》のそば屋『そば処大国庵《だいこくあん》』が正彦の家で、ガイドブックやパンフレットのたぐいにはかならず載っている。

出雲そばの代名詞である割子《わりこ》そばはもちろん、鴨南蛮《かもなんばん》が名物で、地元のお酒とおつまみもだす。出雲発祥の甘味《かんみ》ぜんざいがお目当てのお客さんも多い。

午前11時の開店前から長い行列ができて、そばがなくなりしだい閉店。たいてい午後3時には、のれんをしまう。店を開けている時間は短いが、そのあいだは父も母も祖母も店員さんたちも、文字どおり息つく間もない。

なかでも10月は特別だ。旧暦の10月を神無月《かんなづき》というが、それは日本全国の神様が出雲に集まり、諸国に神様が不在となるからで、対する出雲では10月を神在月《かみありづき》と呼ぶ。神様たちは縁結びの会議・神議《かみはか》りをおこなうために集合するので、良縁を求めるひとたちが大挙して出雲にやってくる。ケチケチしていては良い縁を得られないと、10月にくるお客さんたちは、とくに財布の紐《ひも》がゆるいそうだ。

春の行楽シーズンである3月下旬から5月中旬にかけても、参拝者がとても多い。つまりは、かき入れどきということで、きょうも大国庵はものすごくいそがしかったにちがいない。

しかも、のれんをしまったあとも、母は休めない。店の裏に建つ自宅に戻り、洗濯物をとり込み、夕飯の支度を始めなければならない。

正彦もそれをよくわかっているので、家に電話をかけるのは、午後8時ころにしていた。LINEもつながっているが、きょうはどうしてもすぐに母と話したかったのだ。

「まあくん、お待たせ」

待ちかねていた正彦はスマホに向けてまくし立てた。

「新しく来た小倉祐也《おぐらゆうや》先生が、特別活動の授業で、小学部から高等部までの全員に、将棋を教えてくれるんだって。クラブ活動の、ボードゲームクラブでも、将棋を教えてくれるんだって。おれ、前から、将棋をおぼえたかったんだ」

「そうなの。それはよかったわねえ」

「うん。それでさあ、おかあさんは、将棋のこと、どれくらい知ってるの?」

父ではなく、母に聞いたのは、父がかつて柔道の選手だったからだ。偏見かもしれないが、格闘技とボードゲームが両方得意というひとは、あまり多くない気がする。じっさい、父はオセロゲームも家族で一番弱かった。

「駒の種類は知っているわ。それぞれの駒、王様や金や飛車《ひしゃ》がどのマスに動けるかもわかるわよ。あと、二歩《にふ》をしたら負けとかのルールも知ってるわ」

「へえ、そうなんだ。すげえ」

「でも、誰かと対局をしたことはないの。小学生のころ、休み時間に、男の子たちが将棋をするのを見ていただけだから」

興奮した息子を静めるように、母はおちついた声で言った。

「それだってすごいよ。おれなんて、駒の種類も動かし方も、将棋のルールも、まだ全然知らないんだからさ」

大好きな母が将棋を少しでも知っていることがわかって満足した正彦は、「お店、きょうもいそがしかったの? おとうさんの肩と腰はだいじょうぶ?」と聞いた。

「だいじょうぶよ」

そう答える母の声が少しふるえているのに気づいたが、正彦はそれ以上、家のようすを聞かなかった。たぶん父は肩も腰も痛いままなのだ。どちらも柔道をしていたときの古傷で、整体院に通ったり、鍼《はり》を打ってもらったりしても、なかなか良くならないらしい。

一から十まで、手作業でそばを打つのはたいへんすぎるので、「手打ちそば」と銘打ちながら、こねの工程を機械にまかせている店もあるそうだ。

しかし大国庵では、そば粉をこねるのにも機械は使わない。しかも店主である父がみずから、こね鉢でそば粉をこねる。のし棒でのして、包丁で切る。挽《ひ》きたて、打ちたて、茹《ゆ》でたての「三たて」も忠実に守っている。正真正銘の十割そばで、つなぎの小麦粉はいっさい入れない。

毎週木曜が定休日だが、出雲大社の参道という場所柄、お盆や年末年始にも、まとまった休みはとらない。そのため、父にかかる負担がそうとうなものだということは正彦にもわかっていた。

盲学校＝視覚特別支援学校で学ぶ生徒は、男子も女子も、鍼灸《しんきゅう》師やマッサージ師になるものが多い。視覚障がい者が就ける職業は非常に限られており、技術や知識を身につけるのにも多くの時間を要する。そのため高等部には理療科が設けられていて、鍼灸師やマッサージ師になるための専門的な訓練を受けて、国家試験に備えるのである。

父が通う治療院にも盲学校の卒業生がいるそうだが、正彦は家業を継ぐつもりでいた。鍼灸やマッサージと同じく、全盲でも、そばを打つのに支障はないからだ。

去年、小学部3年生の夏休みに、正彦は父からはじめてそば打ちを教わった。踏み台に乗り、両手でさわった木製の鉢はとても大きくて、厚みがあり、どっしりしていた。内側の、そば粉をこねる面はすべすべしていて、こどもの頭がすっぽり入るほど深い。

「まだ、できなくていい。へたっぴいでいい。ただ、出雲でとれたそばの実を挽いてできるそば粉の香りと手ざわりをおぼえていけばいいんだ」

大国庵では、自家の井戸から汲んだ水でそば粉をこねる。茹であがったそばも、井戸水で締める。お冷として、お客さんにもだしている。

そのおいしい水を飲むと、正彦はいかにも家に帰ってきた気がした。

「うちの近くまできて、まず感じるのは、そばつゆの匂いなんだけど、玄関から座敷にあがって、おばあちゃんか、おかあさんが、鉄瓶から湯飲みについでくれる井戸の水を飲むと、ホッとして、眠たくなるんだよね」

そば打ちをはじめて教わった日の夕飯でそう話すと、「そうか、そうか」と父は喜び、息子の頭をごしごしなでた。

「あしたは、きょうみたいにぼそぼそじゃない、もっとおいしいおそばになるようにがんばるよ」

正彦は張りきって言ったが、父の返答は息子が期待したものではなかった。

「いまのところは、夏休み、冬休み、春休みに出雲に帰ってきたときに、1度ずつ打つので、じゅうぶんだ」

正彦がその理由を問う前に、父は座を立った。

冬休みにも正彦はそばを打ったが、できは夏休みと大差なかった。ただし、夏休みよりも、よほど気持ちを込めた。それだけに進歩がないのが、とても悔しかった。

そして、つい10日ほど前にも、正彦はそばを打った。この1年で身長が8センチも伸びたので、これまでより低い踏み台に乗った。

まずは家族5人分のそばの実を石臼で挽く。この工程だけは機械でするが、石臼の回転は、ひとがまわす速さとほぼ同じなので、摩擦熱によって風味がそこなわれることはない。

出雲産のそばの実は、信州産や北海道産よりも粒が小さくて、香りは強い。その実を殻ごと挽いたそば粉をこね鉢に入れて、少量の水をふるが、これは水回しと呼ばれる。両手を使い、指先で混ぜ合わせていくと、さらさらだったそば粉がうまいぐあいにまとまってきた。

夏休みと冬休みは、水を吸ってねばねばになったところと、さらさらのままのところに分かれてしまったが、今回はちがう。

「この歳で、たいしたもんや」

祖母が3度目にして、ようやくほめてくれた。

「ご先祖様が喜んでるわ。なかでも、おじいさんは、さぞかしホッとしているやろ」

もっとも、そこから先、手のひらに体重をのせてこねてゆく力はまだないため、今回も父にかわった。水をふったのも父だから、正彦はそば粉と水を混ぜ合わせただけだが、じつはその作業が肝心なのだという。

できあがったそばは、これまでの2回よりも格段においしかった。

「どんな料理も、いい材料をそろえることと、手ぎわのよさに尽きるんだ」

きのうの夜、出雲から松江まで送る車のなかで父は言った。1時間ほどの道のりで、宍道湖《しんじこ》の北側を通る国道をひた走る。

「うちのは、そば粉も水も、これ以上なしの極上だから、あとは手ぎわしだい。その手ぎわを決めるのが、そば粉に対する、水の割合だ。これぱっかりは、20年以上そばを打ち続けてきたおれにも、正確なところはわからない。季節や天気、それに、そばの実の乾き具合に左右されるのはもちろん、朝から昼すぎまで、気温も湿度も刻一刻と変わっていく。つまりは、毎回が手さぐりということになる」

父は一度に15人前のそばを打つ。平日でもお客が150人をくだることはないため、1日に最低でも10回、多い日は15回もそばを打つ。年越しそばで混み合う年末や、初詣でにぎわう年始は20回、300人前も打つ。そんな父が、いまでも手さぐりでこね鉢に向かっていると聞き、正彦はおどろいた。

「かりに、1年中、まったく同じ割合の水をふっていたとすると、湿度が低い日は水気が足りなくなる。逆に、湿度が高い日は、水気が多くなる。どっちにしても、手ぎわは悪くなる。ドンピシャに打てることなんて、めったにないにしても、この程度でいいさと高をくくって、気持ちが入らなくなったら、すぐに、なじみのお客に見抜かれる。評判はみるみる落ちて、観光客さえ来なくなり、のれんをたたむことになった店は二つや三つじゃなかった」

これまで、夏休みや冬休みの終わりに、松江の盲学校まで車で送ってくれるのは母だった。それに、正彦が父とふたりきりでこんなに長い時間話すのは、たぶん生まれてはじめてだ。

「おれが、そば打ちの修業を始めたのは、おかあさんとの結婚を決めた24歳からなんだ。それまでは、そば打ちはおろか、料理らしい料理をしたこともなかった。おまけに、ずっと柔道をやっていたせいで、体力や腕力に自信はあっても、手のひらも指も、マメやタコでごわごわ。おじいさんは、おれの手を見るなり、顔をしかめたもんだよ。おれが東の人間だってことも、本心じゃ気に入らなかっただろうな。西と東じゃあ、味つけがちがう。西の料理は出汁《だし》が柱で、醬油《しょうゆ》が勝った東の味つけを絶対に認めないからな」

それでも父は懸命にそば打ちを学んだ。父が打ったそばを茹でるのは祖父だったから、気を抜けるはずもない。

さいわい、お客が離れることはなく、そば処大国庵は繁盛を続けている。ところが、祖父は3年前に心臓発作で亡くなるまで、ついにお墨つきを与えてくれなかったそうだ。もっとも、祖父がつねづね父の仕事ぶりをほめていたことを、正彦は母や祖母から聞いていた。

「おまえの手は、おじいさんの手とよく似ている。指が長くて、すべすべしていて。なにより、あんなに小さく生まれたのに、よく、ここまで大きくなったもんだ。身長はもう、おかあさんとそれほど変わらないからなあ。おっと、赤信号だ。止まるぞ」

車が減速して停止した。続いて、のどが鳴る音がして、父は途中のコンビニで買ったペットボトルのお茶を飲んでいるらしい。

助手席にすわる正彦も、一緒に買ってもらった飴《あめ》をさっきからなめていた。寄宿舎の部屋で食べるスナック菓子やおせんべいもたくさん買ってもらった。

「盲学校に入ったのが、本当によかったんだな。優秀な先生方に見守られて、勉強も運動も、友だちと元気にやっているおかげで、顔つきも、からだつきも、見ちがえるほどしっかりしてきた」

父にほめられて、正彦は照れくさかった。

「そんなおまえを見ていて、おとうさん、ファイトが湧いたんだ。少しくらい肩や腰が痛くても、まだまだがんばらなきゃってな。そば打ちはもちろん、また柔道着を着て、桃子にも稽古をつけてやらなくちゃ。あいつ、おまえがうちにいるあいだは明るくふるまっているけど、このところスランプなんだ。でも、好不調は誰にでもあることだし、強くなるやつほど、悩みは深いものさ。その悩みを乗り越えたときに、ひとまわりも、ふたまわりも、大きく成長するんだ。桃子なら、絶対にだいじょうぶさ」

車の助手席で聞いた父の力強い声は正彦の耳に残っていた。

姉は運動神経抜群で、ファイトも満点。小学生のあいだは島根県内の柔道大会で負け知らずだった。小5と小6のときには中国・四国大会でも優勝している。

そんな姉がなにに悩んでいるのか、柔道をしたことのない正彦にはわからなかったが、中学生になった姉はきっとまた大活躍するにちがいない。

自分も姉に負けず、そば打ちの技を身につけて、老舗の味を守っていかなくてはならない。

その覚悟はおおよそできていたが、本格的な修業が始まるのは盲学校の高等部を卒業してからだ。それまでのあいだ、なにか打ち込むものがほしいと思っていたところに、小倉先生があらわれたのである。

生まれつき目が見えず、将棋についてなにも知らない自分が本当に将棋をできるようになるのか、不安がないわけではない。それでも、埼玉《さいたま》県から島根県まではるばる来てくれた、若くて明るい小倉先生を信じて、将棋に全力をそそぎたい。

母との電話を終えた正彦は右手で机の上をさぐり、時計の上部を叩《たた》いた。

「午後3時47分です」

時刻を告げた時計の手前にスマートフォンを置く。学校に行っているあいだ、スマホはひきだしにしまっているが、寄宿舎に帰ってからは、すぐ手にとれるように、机の上に置くことにしていた。

視覚障がい者がもっとも苦手なのは、ものをさがすことだ。使ったあとは、決まった場所に戻さないと、たいへんなことになる。

きょうは新年度の初日で、始業式と着任式のあとに、あすの入学式の予行練習があった。あしたは寄宿舎でも入舎式が開かれる。そうした諸々の準備で、お昼をまたぐ日課になったのである。

独身の小倉祐也先生は、寄宿舎指導員も兼ねているそうだ。正彦は土日や祝日も出雲の家に帰らなかったから、機会があれば、小倉先生とふたりきりで、ゆっくり話がしてみたかった。

ランドセルを開けて、ノートパソコンや点字盤を所定の場所に置いていきながら、正彦は体育館での小倉先生の話を思い返した。

2

　始業式に続く着任式で新任教諭が自己紹介をしたのだが、正彦はまず、小倉先生が埼玉県出身だということに惹《ひ》かれた。

「ぼくは、海に面していない埼玉県の東部にある春日部《かすかべ》市で生まれ育ちました。大学も、さいたま市にある埼玉大学に進んだので、本校に赴任してきて、一番うれしいのは、全国的に有名なシジミや松葉ガニをはじめとする海の幸がとてもおいしいことです」

　ほがらかな声での自己紹介だったので、体育館に並んだ40名ほどの児童生徒がすぐに反応した。

「海がない埼玉県では、どんな魚を食べているんですか？」

「え〜、おれは、東京に近い埼玉県のほうが、住むのには、ずっといいと思うけどなあ」

「松葉ガニはもちろんだけど、のどぐろやタイ、それにサバもおいしいですよ」

「島根県は和牛も有名だよ」

（ぼくの父は、先生と同じ埼玉県の出身です。おじさん、父の兄は川口《かわぐち》市の市役所に勤めていて、そのおじさんの家族も、近くに住んでいる父の両親も、島根県でとれる魚は、

どれもとてもおいしいと、よく言っています）

正彦は胸のうちで、新任の元気な先生に語りかけた。

「は～い、静かに。小倉先生は、視覚障がい者に対する教育について、とてもよく勉強されてきて、ある目標を持っているそうですよ」

水尾珠子《みずおたまこ》校長が児童生徒たちを制して、さらにみんなの注意を引くことを言った。

「みなさんは、将棋を知っていますか？」

小倉先生が聞いて、正彦は息を飲んだ。しかし、その気持ちを整理する前に、「は～い、知ってます」と、お調子者の加藤幸夫《かとうゆきお》さんが答えた。正彦より三つ上の中学部1年生で、寄宿舎生でもある。

「将棋の天才中学生、藤井聡太《ふじいそうた》さん。おれと2学年しかちがわないのに、去年の秋に、史上最年少でプロになって、デビュー戦から1度も負けていないなんて、すごすぎる～」

体育館が笑いに包まれたが、正彦が笑わなかったのは、加藤さんとのあいだに、軽々しくは口にだせない因縁《いんねん》があったからだ。

しかし、そんなことを知るはずもない小倉先生は格好の合いの手を受けて快活に話を進めてゆく。

「そのとおり。では、このなかで、将棋をしたことがあるひとはいますか？」

こんどは誰も答えなかったので、小倉先生がさらに質問した。

「では、将棋と同じく、一対一で勝敗を競うオセロゲーム、またはリバーシをしたことがあるひとは」

「は〜い、は〜い」

先生の質問が終わらないうちに、大勢が大きな声で返事をした。正彦も右手を高くあげた。

「おれなんて、1年以上も負けてないよ。寄宿舎にいる小学部のやつらには。でも、中学部や高等部の先輩たちには歯が立ちませ〜ん」

加藤さんがまたおどけて、体育館がさらに沸いた。

視覚障がい者用のオセロゲームは、黒の面に渦巻き状の模様が浮き出ている。ルールもわかりやすいので、盲学校でも大人気のボードゲームだ。

正彦も一時は熱中して、出雲の家でも家族で楽しんでいた。父にはすぐに勝てたが、母はなかなか手ごわくて、ほぼ互角。姉はものすごく強くて、1度も勝てたことがない。それでも姉は、正彦が次の手にいくら迷っても、せかさずに待ってくれた。

ところが、盲学校の寄宿舎では、「ちぇっ、早くしろよ」とか、「いくら考えたって、おれには勝てねえよ」といった文句を先輩たちに言われることがある。

寄宿舎指導員の先生が集会室にいれば、やんわり注意してくれるが、土日や祝日の寄宿舎は児童生徒だけですごす時間もある。そうしたとき正彦は自分の部屋にこもり、点字で記された本を読んだり、スマホでＹｏｕＴｕｂｅのお笑いを見ることが多かった。スマホの操作にくわしい大人の視覚障がい者がいて、ＹｏｕＴｕｂｅで文字入力のやり方などを教えている。お笑い芸人の動画は、声だけでも十分おかしいし、落語も何度か聴いたことがある。スマホではラジオも聴ける。

寄宿舎は男子棟と女子棟に分かれていて、どちらも2階建て。1階の通路で結ばれているが、男子が女子棟に入ることも、女子が男子棟に入ることも固く禁じられている。食堂や洗濯室などの共用施設は、男子棟と女子棟を結ぶ通路の両側にある。

部屋は基本的に個室だ。男子どうしでも、女子どうしでも、ほかのひとの部屋に入ることは禁止されているため、はた迷惑な先輩に押しかけられる心配がないのはありがたかった。

正彦にとって一番の悩みは、今年度、小学部4年生の1学期から始まるクラブ活動だ。小5と小6、それに中学部の生徒たちと一緒にスポーツや音楽をたのしみ、中学部、高等部での部活動につながっていく。

メインは運動部と音楽部だ。運動部は体育館でフロアバレーボールやサウンドテーブルテニスをする。どちらもボールに小さな粒が入っており、転がると音を立てる。校庭でトラック競技にはげむこともある。運動不足の解消は、全年代の視覚障がい者にとって共通の課題だ。

しかし1000グラムに満たない未熟児として生まれた正彦は全盲のうえに心肺機能が弱く、5歳ころまで、かけ足も、水泳も、医師から止められていた。

それでも出雲の家の座敷におかれた幼児用のジャングルジム、鉄棒、トランポリンでたっぷりあそび、脚力や腕力は、それなりに鍛えられた。祖父母や姉が根気よく相手をしてくれたおかげで、あやとり、パズル、レゴブロックの組み立てもできるようになった。

ひらがな、カタカナ、数字は、手のひらに指で書いてもらっておぼえた。猫や犬、ライオンやゾウといった動物がどういうかたちなのかは、ぬいぐるみでおぼえた。自動車と電車の種類は、トミカとプラレールでおぼえた。

正彦はとくに鉄道が好きで、地方電鉄として有名な一畑電車《いちばたでんしゃ》に乗せてもらうと、うれしくて、車両のゆれに合わせてからだをゆらせた。

絵本を読んでもらうのも大好きだし、しりとりも得意。テレビも好きで、『おかあさんといっしょ』や、こども向けのアニメーションを、家族に説明してもらいながら楽しんだ。

夕方には、祖父母や姉と出雲大社の神苑《しんえん》を散歩して、ご近所のひとたちに会えば、元気な声であいさつをした。

就学前は地域の支援施設のサポートを受けながら家庭で過ごしてきたが、いよいよ小学校にあがる年齢になって直面したのが、島根県内の盲学校が松江にしかないことだ。全盲の息子が親元を離れるのに難色を示す両親を説得したのは、島根大学医学部附属病院の医師たちだった。

ご家族の、愛情あふれる、こまやかな働きかけにより、乳幼児期の発達がとてもうまくいったのだから、今後も正彦くんにとって最適な教育環境ですごさせてほしい。学区の小学校で、介助を受けながら、みんなと一緒に勉強するのは、たしかに有意義でしょう。しかしながら、そのぶん、点字の読み書きなど、視覚障がい者にとって必要な訓練はどうしてもおろそかになります。

また、教室の移動や、授業の準備などもつねにおくれがちになり、手助けをしてもらうことになるため、自主性や自立心が育ちにくくなる傾向があるとの実態報告もあります。体育の授業や、休み時間のあそびでも、周囲に気がねをして、消極的にならざるをえないようです。

それに対して、盲学校では、小人数での授業で、専門的な知識をそなえた教職員に手厚い指導をしてもらえます。正彦くんは心肺機能も強くなってきているし、身長も体重も平均値に近づいてきています。視覚障がい児に対する教育的な配慮が十全になされた環境で、積極的に活動することで、心身ともに、さらに成長していくはずです。寄宿舎にも指導員が常駐していて、設備も整っていますし、医療機関との連携もよくとれているので、ぜひ一度ご家族で見学に行ってみてください。

お世話になってきた医師たちの熱心なすすめを受けて、正彦と両親は、6月の第1木曜日に、松江市の郊外にある島根県立しまね盲学校を訪れた。

まだ白杖を使っていなかったので、車から降りた5歳の正彦は母と手をつないだ。

「この学校は、小高い場所にあって、丘の斜面に、階段状に校舎が並んでいるんだ、ここは一番低い場所になる」

父の声はいつになく緊張していた。

「静かね。授業中なのかしら」

そうつぶやいた母のことばをかき消すように、「きゃははは」と、こどもの笑い声が響いた。

「あっちだ。行ってみよう」

父が言って、正彦は母とともに階段をのぼった。はしゃいだ声が、そのあいだも聞こえてきて、正彦はワクワクした。

「こんにちは。見学をお願いしていた、出雲の及川です。こちらで楽しそうな声がしたものですから」

「及川さんですね、うかがっております。よくいらっしゃいました。ちょっと、お待ちください」

父のあいさつに、先生らしい女性が応じて、「ヒナちゃん、ヨウちゃん。いったん、ブランコから降りてちょうだい」と指示をしている。

「ブランコをしているの?」

正彦が母に聞くと、「そうだよお」と答えたのは女の子のようだ。

「そうだよお」と続いて答えたのも女の子のようだ。

「ふたりとも、元気ねえ。そんなに速くこいで、だいじょうぶ?」

母の問いかけに「元気すぎるのよねえ」と先生が答えた。

「立ちこぎだって、できるんだよ。ほら〜」

「あたしだって、すわりこぎをしながら、こうやって、立ちこぎにかえられるんだよ、ほら〜」

「ぼくも、ブランコがしたい」

ふたりが何年生か知らないが、正彦は負けていられなかった。これまでも、近所の公園でブランコをしたことはあったが、祖父母は正彦の背中を軽く押すだけだったし、まして や立ちこぎは一度もしたことがない。

「待ちなさい、正彦。まずは、校長先生にごあいさつをしよう」

父に止められた正彦は地面を踏みつけた。

その後、両親が校長先生たちから説明を受けているあいだ、正彦はさっきとは別の先生につきそわれてブランコをした。ただし、休み時間が終わって、3時間目の授業が始まったため、こどもは自分ひとりだった。

結局、立ちこぎはできなかったが、正彦はすわりこぎで、これまでにないスピードをだした。盲学校の先生のアドバイスにより、そろえた両脚を大きくふって勢いをつけるこぎ方ができるようになったからだ。

たっぷりあそんだ正彦は、出雲に帰る車のなかで熟睡した。父と母によると、笑いながら、手足を動かしていたという。

島根県立しまね盲学校の小学部に入学し、寄宿舎でくらしだした正彦はよく学び、よくあそぶ日々をおくった。

6月の体育祭と、11月の文化祭の日は、そば処大国庵の定休日となり、出雲から家族が総出で来てくれる。

かつては幼稚部から高等部まで、合わせて100名もの児童生徒が在籍していたそうだ。近年、半分以下の40名ほどになっているのは、国全体の少子化に加えて、栄養状態の改善や医療の進歩とともに、小学校の特別支援学級に通う児童生徒が増えたからだ。

現在、しまね盲学校の小学部は、どの学年も5人以下なので、担任は決まっているが、小1から小6まで、6人の先生たちで小学部の全員を受け持っている感じだ。児童のほうでも、どこでなにをしていても、先生たちが見てくれているという安心感があった。

休み時間も活発にあそんだおかげで、正彦は小2の体育祭で、先生に伴走されて30メートルを走りきった。小3の夏には、生まれてはじめてプールに入った。スクールバスで行った松江市内にあるスイミングスクールで、海水パンツをはき、水泳帽をかぶって入ったプールはとても楽しかった。

その夜、正彦は水中で手足を動かす夢を見た。映像はなく、音と感触だけだが、その後もプールに入る夢を何度も見た。

だからといって、正彦は、パラリンピックの水泳競技や陸上競技で金メダル獲得を目ざすアスリートになろうとは、夢にも思わなかった。走るのも、プールで泳ぐのも楽しいが、タイムを縮めるために日々練習を積み重ねるのは、自分にはとても無理だという気がした。みんなが好きなサウンドテーブルテニスやフロアバレーボールも、体育の授業でするので十分だった。

盲学校のクラブ活動で、運動部のつぎに人気があるのは音楽部だ。合唱がメインだが、希望すればギター、ピアノ、フルート、トランペット、サキソフォン、ドラムなどを習うことができる。文化祭では、体育館のステージで合唱や演奏をするため、正彦も音楽部の発表を楽しみにしていた。ただし緊張しやすいので、ひと前で歌ったり、演奏をしたいとは思わない。

残るはボードゲームクラブだ。

オセロゲームは姉にも先輩たちにも敵《かな》いそうになかったし、点字がついたトランプやウノであそぶのにも飽きていたが、ほかに選択肢はない。

「天才中学生棋士、藤井聡太四段」について、テレビやラジオでたびたび聞くようになったのは、正彦がどのクラブに入ろうかと悩んでいるときだった。

自分と同じ出雲市出身の里見《さとみ》さんという姉妹が将棋をやっていることは以前から知っていた。姉の香奈《かな》さんは女流のタイトルをいくつも獲得している強豪とのことだが、将棋がどういうボードゲームなのかがわからないこともあり、興味は引かれなかった。

しかし藤井聡太さんはまだ中学生だ。ということは、おさないころに将棋を始めて、しかもみるみる強くなったことになる。

(将棋なら、ぼくにもできるかもしれない)

俄然《がぜん》興味が湧いたものの、家族は誰も将棋に関心がないようだし、オセロゲームやトランプのように、視覚障がい者用に工夫されたものがあるかどうかもわからない。

じっさい、ボードゲームクラブでも、将棋はやっていないようだった。それは、将棋が、目が見えないひとには向いていないボードゲームなのか、オセロゲームやトランプよりもルールが複雑で、難しいからなのだろう。

(でも、将棋がどういうゲームなのかくらいは知りたい)

そんな思いをいだいていたので、小倉先生が、「みなさんは、将棋を知っていますか？」と聞いたとき、正彦は息を飲んだのだ。

（きっと、先生は、ぼくたちに将棋を教えようとしているんだ。でも、せっかく教えてもらっても、難しすぎておぼえられなかったら、とてもかなしくなるだろう）

期待と不安で、正彦は胸が苦しくなった。

（でも、最初の2回は失敗したそば打ちだって、3回目にはうまくいって、おばあちゃんにほめられたじゃないか）

思い直した正彦は、あきらめるのは早いと自分をはげました。

それから小倉先生は、将棋について、大まかな説明をした。

5角形の小さな木の板の表と裏に文字が彫られた駒を用いて、一対一で戦う。駒は8種類あり、それぞれ動き方がちがう。9×9＝81マスの盤上に、8種類40枚の駒がすべて並べられたところから勝負が始まる。

そのとき双方の駒は「玉将《ぎょくしょう》」と呼ばれる王様、略して「玉《ぎょく》」を守るように配置されていて、交互に一手ずつ駒を動かしてゆき、相手の玉を先に詰ませたほうが勝ち。詰ませるとは、こちらの指し手によって、もはや逃げようのない状態に追い込むこと。

それぞれの駒は大きさが異なるし、現在は視覚障がい者用に工夫がされていて、駒に鋲《びょう》で点字が打ってあるため、点字をさわれば、どの駒なのか、すぐに判別がつく。また、将棋盤も特別製で、マス目を枠で区切っているため、盤上の駒を少々強くさわっても、それで盤面が乱れてしまうことはない。

そう言われても、じっさいに駒をさわってみなくては、判別がつくかどうかわからない。にもかかわらず、正彦を含む児童生徒たちが静かに聞いていたのは、小倉先生の声がとてもあたたかくて、熱意にあふれていたからだ。

「どのくらい強くなるかは、ひとそれぞれだけれど、将棋は、将棋が好きであれば、誰もが、長い年月にわたって楽しめるボードゲームです。昔は、ラジオも、テレビも、コンピューターゲームもなかったので、こどもも大人も、男性も女性も、将棋や囲碁が娯楽、つまり身近な楽しみでした。なにより、みなさんのような視覚障がい者もふつうに将棋を指していて、対局中は誰の助けもいっさい借りずに、どの駒をどのマスに動かすかを言ってもらうだけで、目が見えるひとたち、晴眼者《せいがんしゃ》たちとも、対等に勝負をしていたんです」

小倉先生が高らかに言った。しかし体育館は静まりかえっていた。

それは、小倉先生が言った意味がわからなかったからではなく、わかりすぎるがゆえに、かえって信じられなかったからだ。

スポーツであれ、ボードゲームであれ、目が見えないものが、目が見えるひとたちとまったく同じルールのもとで、しかも手助けや補助具もなしで、対等に勝負をするなんて、絶対にありえない。

（でも、小倉先生がうそを言っているようにも思えない）

正彦は先生のことばを信じてみたかった。

「ごめんなさい。この日を待ちに待っていたので、つい熱くなってしまいました。今年度のぼくの受け持ちは、中学部、高等部の社会科ですが、将棋については、小学部、中学部、高等部の特別活動、特活で、授業にとり入れていきます。その関係で、学年ごとに特活の曜日と時間が異なることになります。クラブ活動のボードゲームクラブでも、将棋を教えます。１年後、来年の４月には小学部にあがる幼稚部のみなさんも、よろしくお願いします」

おどろきが続いているようで、拍手は少なかった。オセロゲームについての質問であんなにもりあがったのがうそのようだった。

ところが、特別活動の時間を使っての、小倉先生による将棋の授業が始まると、正彦はもちろん、みんなも将棋に夢中になった。

なぜなら、漢字が彫られた駒を、木製の将棋盤に打つのが、いかにもカッコいいからだ。いろいろな駒があるのも楽しくて、玉は厚みも幅もあり、王様らしく、堂々としている。玉にくらべると、歩は軽くて小さい。しかし、だからといって、歩を軽んじてはいけない。

たとえば飛車は、9×9＝81マスの将棋盤のタテ横の方向にどこまでも、好きなところに行ける。角《かく》は斜めの方向に、どこまでも行ける。どちらの駒も、玉についでサイズが大きくて、盤上を制圧する「大駒《おおごま》」なのに、「小駒《こごま》」のなかでも一番小さい歩にとられてしまうことがあるのである。

「きょうも、最初に、『この駒、なあに？』をします。これは、駒の種類をおぼえるための練習であるのと同時に、将棋において、歩がいかに重要なのかを知る練習です。みんなの頭のなかには、9×9＝81マスの将棋盤がしっかり思い浮かべられているわけですから、いまさら言うまでもありませんが、確認のために言っておくと、将棋盤のタテの列を『筋』、横の列を『段』と呼びます。『筋』は洋数字、『段』は漢数字で表記するので、盤の中央のマスは洋数字の『5』に漢数字の『五』で『5五』となるんでしたよね。そして、対局の初形では、先手《せんて》と後手《ごて》、それぞれの自分の側から見て三段目に、歩がずらりと9枚並びます。一段目、二段目、三段目が自陣で、敵の駒がそこに入ると『成《な》る』、つまりパワーアップできてしまう。ですから、歩は自陣を最前線で防御している、とても重要な駒だということになります」

小倉先生が言って、「はい」と正彦は答えた。ほかの3人も「はい」と答えた。

小1の4月から一緒なのは大田《おおだ》市出身の向井悟《むかいさとる》だけで、正彦と同じく寄宿舎に入っている。松江市内に住む山根和美《やまねかずみ》と佐久間勇気《さくまゆうき》はスクールバスで通学している。和美は小

2の4月、勇気は小3の4月に、盲学校に入学してきた。

ところが今年、小4の4月には、クラスメイトがひとりも増えなかった。正彦は少し残念に思ったが、そのことを忘れてしまうくらい、将棋に熱中していた。とくに特別活動の授業が楽しい。

昨年度まで、特活の時間は、学年の垣根を越えて、レクリエーションや児童会の話し合いなどをおこなってきた。それが、今年度は、各学年ごとに、小倉先生が将棋を教えてくれる。

金曜日6時間目のボードゲームクラブは総勢9名、しかも小4は正彦ひとりだ。小5と小6の児童に加えて、中学部の生徒たちもいるため、なにかと気をつかう。正彦と浅からぬ因縁がある加藤幸夫さんは運動部なので助かるが、それでもけっこう気をつかう。

勉強でも、スポーツでも、先に始めているぶん、上級生が有利だ。ところが、将棋については、学年に関係なく、今年の4月にいっせいに教わりだしたのだから、上級生たちにはアドバンテージがない。にもかかわらず、プライドはあるわけで、その点については、小倉先生が細心の注意を払っていた。

たとえば、『この駒、なあに?』は、ボードゲームクラブでは一度もしていない。

一方、小4のクラスで、火曜日の4時間目におこなわれている特別活動の授業は、気心の知れた同級生4人だけだ。正彦はのびのびしていたし、小倉先生もやりやすそうだった。

「歩は、相手にとられやすい位置にいるうえに、一手につき、前に1マスしか進めないので、攻撃力も弱いように思われがちですが、そんなことはありません。歩は、自分の前のマスにいるのが歩でも、金でも、銀でも、桂馬《けいま》でも、香車《きょうしゃ》でも、角でも、飛車でも、そして玉でも、とってしまえるんです」

そう言って、小倉先生は、4人の将棋盤に、駒を1枚ずつ打っていった。ただし、先生がいいと言うまで、正彦たちは先生が打った駒にさわってはいけない。

「さあ、みんながさっき打った5五《ごご》歩《ふ》の1マス先、5四のマスに、ぼくがある駒を打ちました。視覚障がい者が対局をする場合、視覚障がい者どうしでも、晴眼者が相手でも、双方が自分の指し手を声にだして言うのがルールです。でも、『この駒、なあに?』は、みんなが将棋に慣れるための練習なので、ぼくは、あえて、駒の種類を言いませんでした。これから順に、ひとりずつ、5四《ごよん》の駒をさわって、つまり五角形の駒の底面に鋲で付されている点字を確認して、駒の種類を言ってください。そして、それが正解だったら、5五の歩で、5四の駒をとって、自分の駒台に置いてください」

「はい」と、みんなが元気に返事をした。

「では、最初は和美さん」

先生が指名したあとに、和美以外の3人が声をそろえた。

「この駒、なあに？」

「歩です」と和美がすぐに答えた。

ところが、「ちがいます」と先生に言われて、「え〜」と和美が不満な声をあげた。

「いいですか。駒をさわって、その駒がなんなのかを瞬時に、しかも正確にわかるようになるのは、みなさんが将棋を勉強していくうえで、もっとも大切なことです。とくに相手の駒が、成っていない駒なのか、『成駒《なりごま》』なのかの区別は重要で、勝敗に直結します」

そのヒントで正彦は小倉先生がなにをしたかがわかった。鋲による点字は駒の右側に施されているが、成れば鋲は左側にくる。歩の場合、鋲はひとつだから、和美は成駒か、成っていない駒かの区別を考えることなく、「歩」と答えてしまったのだ。しかし、それもやむをえないので、小倉先生が和美に成駒の問題をだすのは、きょうがはじめてだった。

「も〜。一番手なんだし、もっと簡単な問題にしてよね」

和美もわかったらしく、「歩が裏になってる」と言った。

「まちがいではないけれど、正解とは言えません」

再度注意されて、ため息をついた和美に、小倉先生がさらなるヒントをだした。

「歩が裏になっている。それを何と呼ぶのかは、駒の裏面をさわると、わかるんでしたよね。みんなも、自分の歩を持って、裏の面に彫ってある文字をさわってみてください」

「ひらがなの『と』、だから、『と金《きん》』」

和美が答えて、「正解です」と小倉先生が言い、拍手をした。

「も〜。同じ裏なら、飛車か、角の裏がよかった」

「和美さん、裏じゃなくて、成駒です。同じ成駒なら、龍《りゅう》か馬《うま》がよかったと言ってくれていたら100点、いや200点でした。それから、いまさら言うまでもありませんが、『と金』とは、歩が相手陣に入って成ったもので、金と同じはたらきをします。それでは、和美さん。5五の歩で、5四の『と金』をとってください。そして、とった駒を、自分の駒台に置いてください」

ひと呼吸おいた小倉先生が、「よくできました」と和美をほめて、正彦はホッとした。

「みんなもわかっているでしょうが、『と金』をとっても、自分がその駒を打つときは、成る前の『歩』としてしか使えません。だから、駒台に置くときは、自分から見て、点字の鋲が駒の右側にくるように、つまり『歩』と彫られた面が上になるように、きちんと置いてください」

「そうしないと、自分がわかりづらいだけでなく、対局相手がこちらの駒台に手を伸ばしたときに、とまどわすことになってしまいます」

勇気が小倉先生の口調をまねて言った。7月半ばのきょうまで、何回となく聞いているので、正彦も先生が言いそうなことは全部おぼえていた。

勇気には「成香《なりきょう》」、悟には「成桂《なりけい》」が置かれていて、ふたりとも正解した。桂馬の点字は横にふたつ。香車の点字はタテにふたつだ。

悟と勇気は運動部、和美は音楽部なので、ボードゲームクラブの正彦とちがい、3人が将棋の駒をさわるのは週に1回だけだ。それでも小倉先生に乗せられて、3人とも特活の授業を楽しんでいた。

「最後は正彦くん」

先生が言って、みんなの「この駒、なあに？」を聞きながら、正彦は胸が踊った。

（一瞬でわかるのに、どうしてこんなにわくわくするんだろう。それにしても、幼稚だけど、ピッタリのネーミングだよな）

正彦は、こちらに先を向けた駒を右手の親指と薬指で挟み、人差し指と中指の腹で点字をさぐった。しかし点字の鋲は左右のどちらにもなかった。

「金です」

即答すると、「正解」と小倉先生も間髪入れずに言った。

「さすがは正彦君。玉と金は敵陣に入っても成れないから、点字の鋲が付いていない。さらに金は玉より、ふたまわりサイズが小さい。そのことを、まさに一瞬で見切っていたね」

正彦がいつにも増して張りきっているのは、3日前の土曜日に、母から信じられないほどうれしい知らせがあったからだ。そして10日後には夏休みになり、出雲の家に帰れるのである。

『この駒、なあに？』のあとは、小倉祐也先生オリジナルの一風変わった詰め将棋、『3枚の合駒《あいごま》』になった。詰め将棋は、与えられた譜面で、決められた駒を使い、王手をかけ続けて玉を詰ます、将棋には欠かせない練習だ。

『3枚の合駒』の譜面は、盤の中央である5五のマスに玉が1枚あるだけ。詰ます側である児童生徒は、歩、香、桂、銀、金、角、飛を1枚ずつ持っている。

追われる玉側の持ち駒は、歩だけを3枚。そして昔話『三枚のお札』のように、必要なら、その歩を合駒にして、つまり盤上に歩を打つことで王手をふせぎ、できるかぎり逃げるのだ。

ふつうの詰め将棋では、玉側の持ち駒は残り駒全部なので、その点だけからすれば、詰ます側がかなり有利だということになる。

一方、『3枚の合駒』では、玉側は味方の駒が盤上に1枚もないぶん、玉の動きを制約されず、とられた駒で詰まされることもない。また、ふつうの詰め将棋では、「5手詰め」のように、「詰み」までの手数が明示されていることが多いが、『3枚の合駒』は何手で詰むのかが明らかにされていない。それどころか、かならず詰むかどうかもわからないのだから、詰ます側は大いにあせらされるというわけだ。

小倉先生はノータイムで指し、正彦たちも一手1分ほどで指すが、詰ます側は1回だけ、「タイム」を宣告し、盤面をしっかり確認して、ほかの3人にアドバイスを求めることができる。ただし、ほかの3人は、盤上の駒をさわることはできない。

小倉先生によると、『3枚の合駒』で養われる将棋の力は大きく分けて五つある。

①9×9＝81マスの盤面の広さを把握する。

②飛、角、香の遠目からの利きをつねに意識する。

③合駒の重要性を理解する。

④観戦者として、双方が告げる指し手の符号を聞くだけで、脳内の将棋盤で駒を動かす。

⑤過去のケースをデータ化して、勝つパターンを見つける。

『この駒、なあに？』は、4月のはじめての特別活動から、7月第2火曜日のきょうまで、毎回していた。一方、『3枚の合駒』は、まだ3回目だ。

それまでは、駒の種類やそれぞれの駒の動き方を教わりながら、1手詰めや3手詰めの、とても簡単な詰め将棋を解いていた。それが急に難しくなって、正彦をはじめ、4人は大いにとまどった。そして、小4のクラスでは、『3枚の合駒』で、まだ誰も先生の玉を詰ますことができずにいたのである。

『3枚の合駒』もボードゲームクラブではしていなかったが、その理由は、自分たちで試行錯誤する大切さを学ぶためだと、正彦は思っていた。

ボードゲームクラブでは、詰め将棋の問題を解くか、必死をかける問題を解くことが多い。

「必死をかける」とは、王手ではないけれど、相手の受けがまったくない状態にする手を指すことだ。

一緒に将棋を習い始めたのに、中学部3年生の板倉邦典《いたくらくにのり》さんはとても賢くて、どちらの問題もつぎつぎに解いてしまう。小5の雲井《くもい》とも子《こ》さんも、板倉さんに次いで賢い。『3枚の合駒』もその調子で解かれてしまったら、こちらは正解をクラスに持ち帰るだけになってしまう。

(強くなるために、なんとしても、自分で先生の玉を詰ませたい。できるなら、1学期のうちに)

この1週間、正彦は寄宿舎の部屋で考えに考え続けた。夕食のあとも、みんなと一緒にテレビのバラエティー番組は見ずに自分の部屋に戻り、小倉先生から借りた枠のついた将棋盤と点字の鋲が施された駒で、試行錯誤を繰り返した。午後10時で消灯になったあとも、ベッドのなかで考え続けた。

そこに母からとびきりうれしい知らせがあり、その勢いに乗って、正彦は詰みまでの手順を見つけたのである。

「さあ、誰からやる？」と聞かれて、「はい」と正彦が手をあげた。

「おっ、自信満々だな。これは要注意」

そう言った小倉先生が椅子を引く音がして、正彦も椅子にすわった。手元の駒台を右手でさぐり、歩、香、桂、銀、金、角、飛が一枚ずつあることをたしかめる。

「お願いします」

両者のあいさつに続いて、「5五に玉を置きます」と小倉先生が言った。

「初手5一飛打つ。王手」

正彦は力のこもった声で言い、駒台の飛車を5一のマスに打った。自陣からではなく、相手陣の下段《げだん》から飛車で王手をするのは、つぎに飛車を動かせば「龍」に成れるからだ。

飛車はただでさえ強力な大駒なのに、龍に成ると、タテ横の方向にどこまでも行ける飛車の動きに斜めにひとマスずつの動きが加わり、まさに無敵となる。角が「馬」に成った場合は、斜めの方向にどこまでも行ける角の動きにタテ横ひとマスずつの動きが加わり、こちらもまさに無敵となる。

また、視覚障がい者が将棋をする場合、視覚障がい者どうしでも、晴眼者が相手でも、王手をかけたときは、そのことを告げるのがルールだ。これは、王手をかけられたことに気づかずに次の手を指してしまう、「王手放置」による反則負けをふせぐためだ。

詰め将棋では、詰ます側は王手をかけ続けるわけで、「王手」と一手ごとに言うのは少々わずらわしい。まして自信がないときは、「王手」を連呼しても、気持ちがもりあがらない。反対に、詰みまでの手筋を読みきっているときは、「王手」の声がどんどん大きくなってゆく。

「5四歩打つ」と言って、小倉先生が1枚目の歩で合駒をした。つまり、この歩によって、正彦が打った飛車の利きをさえぎった。

「5九香《ごきゅうきょう》打つ。王手」

正彦はこんどは自陣下段の5筋から香車で王手をかけた。これが最善手であると気づいたのは、先々週の火曜日、『3枚の合駒』の1回目をした日の夜だった。

3手目に、1一や9一から角で王手をするると、2枚目の合駒で、5四歩の隣に歩が並んでしまい、2枚の歩が壁となって厄介なことになる。しかし、はじめてだったこともあり、無敵の龍と馬で追いまわせば、詰みまで持っていけそうな気がしたのだ。

そして、一番強い正彦がトップバッターだったため、続く3人も同じく、初手に飛車、3手目に角を打ってしまい、4人そろって、小倉先生に逃げきられたのである。

5九香に5六歩と合駒をしたら二歩になるため、玉は5筋から動くしかない。

「6六玉《ろくろくぎょく》」と先生が言い、駒音が教室に響いた。

正彦は右手を盤に伸ばし、4手目で、先生側から見て右斜め前に出た玉をさわった。

（パターンAだ）

頭のなかで唱えて、ここで角を持ち、「1一角打《いちいちかく》つ。王手」と遠見《とおみ》から狙う。

「7五玉」と小倉先生。

1一角に対して、5五歩と、1枚目の合駒として張った歩を1マス進めて角道をふさぐのでは、同角成《どうかくなり》とされて、玉側は万事休すだ。

よって斜め右に下がる7五玉となるのだが、2度目の前回はここで「7一飛成《ななないちひな》る。王手」とした正彦の指し手に、7四歩と2枚目の合駒をされたあとの攻めが続かず、またしても小倉先生に逃げきられてしまったのである。

7五玉に対する「8七桂打つ。王手」が、苦心の末に見つけた自慢の一手で、正彦の声に力がこもった。

「8六玉」

正彦が打った桂馬の正面に出た玉に、「8一飛成る。王手」と、初手に打った5一の飛車を8筋に動かし、一段目から王手をかける。

「8五歩打つ」と、小倉先生に2枚目の合駒を使わせて、「7七銀打つ。王手」。この銀には1一角のヒモが付いている。つまり、しっかり結ばれているので、玉で銀をとることはできない。そうかといって、8七の桂をとると、8八金打ちで詰みだから、玉は端に逃げるしかない。

「9七玉」に、「9一龍。王手」と、三度《みたび》一段目から王手をかける。

「9六歩打つ」と、小倉先生が最後の歩で龍の利きをふせいでも、「8八金打つ。王手」でピッタリだ。8八の地点には7七の銀が利いている。

「すげえ。正彦、すげえよ」

悟が声をあげた。

「正彦、先生の玉を詰ませたんじゃない」と和美も応じた。

「負けました」

小倉先生が敗北を認めて、「ありがとうございました」と正彦は頭をさげた。

「ちょっと、盤面をさわってみてもいい?」

勇気が聞いてきたので、「もちろん」と答えた正彦は椅子から立ち、机の脇に移動した。

「ホントだ、詰んでる。おまけに、チョーかっこいい詰み形なんだけど」

いつもはクールな勇気が抱きついてきて、正彦の背中を何度も叩いた。

勇気は全盲ではなく弱視で、自分の目の前にいるひとの姿は、ぼんやりとだが、見えるそうだ。小2までは、もっとよく見えていたので、松江市内の市立小学校に通っていた。ところが、いまは顔の前に指をだされても、それが何本なのかわからない。鏡に映った自分の顔も識別できない。

和美は小1まで、ふつうに視力があった。ところが、小1の2学期に急激に視力が落ちて、眼球のがんと診断された。左右両方の眼球を摘出する手術は成功したものの失明し、ショックでひきこもっていたが、気をとりなおして、小2の4月に盲学校に入った。中学部や高等部から盲学校に入ってくるひとも多く、事情はさまざまだ。

現在中学部1年生の加藤幸夫さんも中途失明者で、小6だった去年の4月に盲学校に入ってきた。成人後や、中高年になってから視力を失うひとたちも少なからずいて、数ヵ月から半年ほど盲学校に通い、白杖を使っての歩き方など、視覚障がい者であることになれて、社会に戻ってゆく。

もっとも、おたがいの病歴や症状については、あからさまに質問しないように、入学時に注意されていた。しつこく聞かれた場合は教員や寄宿舎指導員に相談するようにとも言われていたが、何年も一緒のクラスで学んでいれば、おおよそのことは、おのずとわかってくる。加藤さんのように自分から話すひともいる。

しかも加藤さんは、正彦の失明について、正彦自身も知らなかった、特殊な事情を知っていた。そして失明の原因となった事件を正彦に教えたために大きな問題になった。

いまでも正彦は加藤さんの声を聞くと、姉の桃子にも関わる一連の出来事を思いださずにいられなかった。あれから1年ほどしかたっていないのに、加藤さんが、自分がした要らぬお節介をすっかり忘れているようなのも腹立たしかった。

頭をよぎった不快な思いを振り払うように、正彦は勇気を抱きしめ返した。

「正彦、グッジョブ！」

腕をといた勇気が英語でほめて、正彦は椅子にかけなおした。

まずは9七の玉をさわり、自分の最終手である8八金、その前の7七銀、1一角と、それぞれに利いている駒をさわってゆく。5九の香、8七の桂、9一の龍。そして小倉先生が合駒として張った3枚の歩もさわる。

脳内の将棋盤にきれいな終局図が浮かび、正彦は満足だった。しかも、観戦していた3人ともが、双方の指し手を聞くだけで、手順をしっかり追えていたのだ。

「いやあ、お見事。ぼくの持ち駒である3枚の歩をすべて使わせての15手詰めを、小学部で最初に見つけたのは、4年生の及川正彦くんでした。そして、『8八金打つ』の指し手を聞いて、すぐに詰ませたことに気づいた悟くんも見事なら、和美さんのコメントも100点満点。盤面を確認して、詰み形のカッコよさに声をあげた勇気くんもサイコーだよ」

みんなをほめた小倉先生が、「ただし、ぼくが『負けました』を言う前に、観戦者でありながら声をだしたふたりには、大いに反省してもらいたいけどね」と釘を刺した。

将棋の対局において、盤のそばにいる観戦者が声を発するのは、ご法度《はっと》だ。アドバイスめいたことを口にするのはもちろん、「あれっ？」とか、「いい手だなあ」といった感想も、対局者の思考や気持ちを乱すことになるため、絶対に言ってはならない。

「それはともかく、正彦くん。ぼくが4手目で、6六ではなく、4六に逃げていたら」

「5筋を中心線として、6六と線対称の位置に逃げたわけですから、1一の線対称である9一から角を打って、3五玉には、2七桂打つ」

「う～ん、やるねえ。算数の図形問題も得意みたいだ。そこまでわかっているなら、ひょっとして、4手目6四玉や、4手目6五玉のパターンも……」

「はい」と答えた正彦を悟が止めた。

「ダメダメ、それ以上は言わないでよ。おれだって、夏休み中に一所懸命に考えて、2学期になったら、正彦のいまの手順とは別の手順で、先生を詰ませたい」

「わたしも」と和美も意気込んだ。

ところが勇気は、「おれは、このあと、正彦が先生を詰ませた手順を、そっくりそのままやってみたい。でも、それって、インチキになっちゃうよね」と、さも心配そうに言った。

「いいや、インチキにはならないよ」

小倉先生がやさしく応じて、さらに続けた。

「いま、勇気くんは、とてもだいじなことを言ったんだ。それというのも、将棋の勉強法でもっとも大切なのは、詰め将棋と棋譜並べの二つ。まず、詰め将棋について言えば、たくさんの詰め将棋を解くことによって、読みの精度と速度があがる。藤井聡太四段が人並み外れてすぐれているのもその点で、かれは、なんと小学6年生のときに、トップ棋士たちも参加していた詰め将棋を解答する選手権で日本一になったほどの、詰め将棋の達人だ。そして、もうひとつの棋譜並べ。これは、特活でも、ボードゲームクラブでも、まだ教えていないけれど、まさに勇気くんが言ったように、すでに指された対局を、初手から一手一手並べなおして、要所で立ち止まり、どうして、ほかの指し手ではなく、この指し手が選ばれたのかを検討することで、先人の将棋を自分のものにしていくんだ。きみたちは、3人とも、正彦くんとぼくの指し手を聞いただけで、対局をきちんと追えていたわけだけれど、じっさいに盤に向かって、自分で駒を動かしていくと、さらに学ぶところがあるはずなんだ。そして棋譜並べをある程度して、有力な戦法や、一局の流れを、おおよそ理解してからでないと、対局をしても意味がない」

小倉先生がそこまで話したところで、勇気が口をはさんだ。

「それじゃあ、おれたち、そのうち対局ができるってこと？」

「勇気くんは、本当にいい勘をしているなあ」

小倉先生がさも感心したように言った。

4月のはじめには、駒の種類すら知らなかったのに、3ヵ月ほどでここまできたのだから、2学期のうちには対局ができると思う。ただし、児童生徒どうしで対局するのは、まだ難しいので、当分は小倉先生と対局をする。

「え〜、やだあ。先生に勝てるわけがないもん」

悲鳴をあげた和美を小倉先生がなだめた。長い歴史のある囲碁や将棋には、昔から、上手《うわて》にハンデを背負わせた戦い方がある。囲碁では、黒石を持つ下手《したて》が、盤面の要点である9か所の星のいくつかに、あらかじめ石を置く。将棋では逆に、上手の駒を何枚か減らす。

「将棋用語では、『駒を減らす』ではなくて、『駒を落とす』と言うんだけれど、最大で何枚の駒を落とすと思う?」

先生に聞かれて、「玉1枚は残さなくちゃいけないんだから、20−1で19枚」と答えた勇気が、「あっ、それじゃあ、絶対にこっちが勝っちゃうから、勝負にならないか」と気づいた。

「だって、正彦はさっき、玉を除く7種類の駒1枚ずつで、玉だけの先生に勝ったんだもんね。しかも、歩を余らして、たった15手で」

「うん。答えは10枚落ち。つまり、ぼくは玉と9枚の歩だけ」

「え〜、それなら、あたしだって勝てそう」

和美が張りきって言った。

「ちなみに、駒落ち将棋でない、双方が互角の対局を『平手《ひらて》』と言います。平らな手と書いて、『平手』」と教えてくれた小倉先生が盤上の駒をかたづけた。

そのあとは勇気から順に、正彦が先生を詰ませた手順を盤上で再現して、チャイムが鳴った。

「小学部4年生1学期の特別活動はこれで終わりです。将棋に対するきみたち4人の意欲と進歩は、本当に、おどろくばかりです。夏休みのあいだも、ときどきでいいので、将棋のことを思いだしてください」

そう言った小倉先生に、「はい」と答える4人の声がそろった。

3

待ちに待った夏休みがきて、正彦は松江の盲学校まで迎えにきてくれた母が運転する車で出雲の家に帰った。

衣類や教科書とともに持ち帰ったUSBには、小倉先生が朗読した、内藤國雄《ないとうくにお》九段著『将棋を始めよう』の音声データが入っている。これがあれば、家でも詰め将棋の問題や、必死のかけ方の問題が解ける。

将棋盤と駒は、出雲の家の押し入れに長年しまわれていたものがある。しかも、かなり上等なものだと思うと、母から電話で聞いたのは、7月になって2回目の土曜日だった。あまりのうれしさに、正彦は飛びあがった。

4月に将棋を教わりだしてすぐ、正彦は視覚障がい者用の将棋盤と駒がほしくなった。週末の寄宿舎で小倉先生に値段を聞くと、特注品なので、個人で購入しようとすると、かなり高い。そこで、県から補助金をだしてもらえないかと交渉をしている。水尾校長によると、うまくゆきそうなのだが、特別活動の授業で将棋を教えだしてすぐに盤と駒の購入をすすめたのでは、親御さんたちに、あらぬ疑いをいだかせてしまう。そこで、11月の文化祭のときに、児童生徒が将棋にとりくむ姿を見てもらい、そのうえで枠のついた将棋盤と点字のついた駒の販売について説明するつもりでいるとのことだった。

それまでは、小倉先生が持っている予備の将棋盤と駒、それに駒台を貸してくれる。ただし駒を失くされては困るので、寄宿舎の部屋で、ひとりで使うこと。盤を床に置いて将棋をしていると、誤って踏んでしまうおそれがあるため、かならず机かテーブルに置くことの二つを約束させられた。

おかげで正彦は放課後や土日も将棋ができたが、その盤と駒は、夏休みに出雲の家に持っていくことはできない。

でも、夏休み中も将棋がしたい。学校がない夏休みこそ、朝から晩まで将棋をして、腕をあげたい。

そんな思いでいっぱいだったときに、じつは出雲の家に将棋盤と駒があると、母から知らされたのだ。その盤と駒の由来は、祖母がじきじきに話すという。

そば処大国庵の裏手にある自宅に着くと、正彦は座敷に置かれた将棋盤の前につれていってもらった。

「手に入れたのは、あんたたちのひいおじいさん。日本が戦争に負けたあとに、どこぞの旧家から、借金のカタにあずかって、それきりになったそうや。盤は厚さが五寸、15センチもあって、立派な脚もついとる。駒も漆で字が書かれた、いかにも上等なものやけど、及川の家じゃあ、誰も将棋なぞせんのにと思っとったら、あんたたちのおかあさんが学校でおぼえてきて……」

祖母が話し、「へえ、それは知らなかった」と受けた父が笑っている。

「わたしも、その話は初めて聞いた。この盤と駒があることも、もっと早く教えてくれたらよかったのに」

姉が小学3年生のときの担任が里見姉妹の知り合いで、クラスで将棋を流行《はや》らせた。姉はすでに柔道の道場に通っていたが、将棋もおもしろそうだったので、夕食のときに話題にしてみた。ところが両親も祖父母も素っ気なくて、それきりになったという。

そんな話に耳をかたむけながら、正座をした正彦は両手で将棋盤をなでていた。祖母が言うとおり、脚付きの立派な将棋盤は、大国庵のこね鉢に負けないほど堂々としている。盤面の罫線《けいせん》も盛りあがっていて、これなら枠がなくても、マス目をたどれる。一本足の駒台もある。

「おかあさん、駒が入ってる箱」

正彦がせがむと、「まあくん」と姉に呼ばれた。

「両手を、お顔を洗うときみたいにして」

小指と小指をくっつけて、胸の前にさしだした正彦の両手に置かれたのは、木の箱ではなく、布の袋だった。

「わたしも、さっき、はじめて見たんだけど、ものすごくきれいな袋よ。二重になっていて、内側は木綿だけれど、表は絹ね。知ってるでしょ、蚕が吐く糸を紡いで織った、光沢《こうたく》があって、手ざわりもいい、上等な布。緑色の地に、銀色で、うさぎと松が描かれているわ。因幡《いなば》の白兎《しろうさぎ》にかけているのかしらね」

生まれつき目の見えない正彦に色の感覚はなかった。それでも姉は食べものや衣服の色を教えてくれて、正彦もそれがいやではなかった。

緑色は、ほうれん草やピーマンといった野菜や、松の葉、それに抹茶の色。銀色は金属製のスプーンやフォーク、水道の蛇口の色、それに銀メダルの色とおぼえていた。

金色は太陽やべっ甲飴《こうあめ》の色、カレーライスのルーの色、金メダルの色とおぼえていたので、将棋の駒の「金」と「銀」には光り輝くイメージを持っていた。

「開けても、いい？」

「ええよ。治朗《はるお》さん、あんたらのひいおじいさんが喜ぶやろ」

祖母が答えて、正彦は手のなかの駒袋を盤の上に置いた。手さぐりで紐《ひも》をほどき、底をつまんで引きあげると、さらさらと音を立てて駒が流れ出た。

「ほお、これはまた」

父が感心して、正彦は手を伸ばした。指先にふれた駒の感触は、学校で使っている駒とは別ものだった。

学校の駒は、割箸と似た感触なのに、曽祖父ゆかりの駒はすべすべしている。ほんのりしたあたたかみもあり、正彦は小倉先生のことを思った。

「この駒は歩だね。歩兵《ふひょう》」

なにげなく言うと、「どうしてわかるの?」と姉が聞いた。

「駒の大きさ。それに、表には『歩兵』、裏には『と』と、もりあがった字で書いてある。学校の駒は彫り駒、つまり彫刻刀で字が彫ってあって、歩の表は『歩』一文字《ひともじ》だけなんだ。小倉先生が、ぼくたち視覚障がい者にわかりやすいように、職人さんに頼んで、点字の鋲も付いた、そういう特別な駒を作ってもらったんだって」

正彦は空になった駒袋を畳に置き、駒の山に手を伸ばした。まずは歩兵をより分けて、それ以外の駒のなかから王将《おうしょう》と玉将《ぎょくしょう》を抜きだす。どちらも同じ駒だが、「王様」からきているため、「王将」が基本で、区別をするために「、」をつけて、もう一方を「玉将」とした。そのため、対局では上手が「王将」を持つそうだ。

もっとも、将棋において「王」と「玉」はこんがらがっていて、「王手」と言うかと思えば、指し手は「1一玉《いちいちぎょく》」であって、「1一王」とは決して言わないのがややこしい。駒の種類を言うときも、「玉」であって、「王」とは言わない。

そうした蘊蓄《うんちく》を家族に話しながら、正彦はタテ・横の罫線で区切られたマスをたどった。まずは手前の5九に王将を、次は奥の5一に玉将を打つと、よくとおる音が座敷に響いた。

「いい盤に、いい駒を打つと、こんなにいい音がするんだね。それに枠がないほうが、だんぜん駒を打ちやすい」

正彦が感想を言っても家族は黙っていたので、続いて歩兵を双方の三段目に並べてゆく。1枚余った歩は駒袋に戻し、残りの駒のなかから、角行、飛車、金将、銀将、桂馬、香車の順に先後の陣地に打ってゆく。

人差し指と中指での駒の打ち方は、特別活動の最初の授業で、小倉先生が手に手を重ねて指導してくれた。

はじめのうちは、自陣の駒をすべて並べて、対面にまわり、相手陣を並べていたが、やがて駒の先を自分に向けて持っても、しっかり打てるようになった。

晴眼者も玉を一番先に置くそうだが、そのつぎは玉のそばの金と銀、桂馬と香車の順に並べてゆき、一段目をそろえてから、二段目の大駒を左右に置いて、最後に歩を並べてゆくそうだ。

一方、視覚障がい者は、さわった駒から順に、所定のマス目に置いていくほうがやりやすい。しかし、それではランダムになってしまい、カッコいいとは言いがたい。

小倉先生はアイマスクをして駒の山に手を伸ばすことを繰り返すうちに、まずは歩をより分けて、残った駒の山から玉をさがすやり方にゆきついたそうだ。続いて、玉の次に大きな角と飛車、一番小さな歩を並べてから、金銀桂香を置いてゆく。

もっとも駒を並べる順番に決まりはない。各自がやりやすい並べ方をしてかまわないとのことだったから、正彦は玉の次は歩を全部並べることにしていた。

「おれたちは目が見えないから、おれは悟や和美や勇気がどういう順番で駒を並べてるかわからないし、みんなも、おれの並べ方は知らないんだけどね」

そう言いながら、正彦は最後に残った4枚の香車を先後の四隅に打った。

「はい、できあがり。これが平手で指す将棋の初形だよ」

「いかん。涙がとまらん」

父が言って、母も洟《はな》をすすっている。祖母も涙をこらえかねているようだ。

「おとうさんと、おかあさんは、まあくんが松江の盲学校に入る前に、盲学校の先生に言われたんだって。『目の見えないひとたちが、手先が器用だと言うのは、かならずしも正しくありません。目が見えない以上、手でさぐる以外にないから、全身の神経を指先に集中して、見えないことによるおそれとも闘って、一所懸命にやっているわけで、器用不器用というレベルの話ではないんです』って言われたんだって」

そう話す姉も涙声だったが、姉が語った盲学校の先生の話も正彦にはピンときていなかった。

（それはそうかもしれないけど、そんなに深刻なことでもないんじゃないかなあ。だって、目が見えないおれたちが自分から世界にふれるには、手でさわるしかないんだ。そ

して、いくらさわり続けても飽きないものなんて、めったにないんだから、そりゃあ、将棋の駒を打つのはうまくなるよ）

しかし、それを正直に言うのも悪い気がして、正彦は並べたばかりの駒を王将から順に駒袋にしまっていった。

曽祖父ゆかりの将棋盤と駒のおかげで、正彦はこれまでの夏休みのようには時間を持て余すことがなかった。中学生になった姉は、ほぼ毎日柔道部の稽古があり、弁当持参で学校に向かう。両親と祖母も、午前9時にはお店に行ってしまう。

ひとり残された正彦は座敷の中央に脚付きの五寸盤を据えて、かたわらに置いたノートパソコンを操作する。ＵＳＢに保存されている音声データを再生させると、聞こえてくるのは小倉先生の声だ。

「第1問の問題図を読みあげます。玉側、4一玉。詰ます側、3三金、5三金。持ち駒はなし。相手の玉を2枚の金で詰ます問題です。まずは問題図どおりに駒を配置してください」

そこで一時停止にして、盤上に駒を置いてゆき、持ち駒がある場合は駒台に置く。

一時停止を解除すると、もう一度、譜面がゆっくり読みあげられるので、駒の位置と種類を手で確認し、再び一時停止にして、詰め将棋を解く。解けたら、解答の手順を点字盤で記す。その後に一時停止を解除して、答え合わせをする。

点字盤は、点字を記すための筆記具だ。２枚のプラスチックの板で専用の紙を挟み、専用の針で押すと、そのポイントが浮き出る。

点字はタテに三つ、横に二つ、合計六つのポイントからなり、どのポイントが浮き出ているかの組み合わせで、ひらがなと数字を表す。点字は左から右に横書きにする。

長い文章を書くのには手間がかかるが、詰め将棋の解答は、駒の種類と打ったマス目を記していけばいいのだから、それほど手間はかからない。

小倉先生作成のＵＳＢには、内藤九段の本に載っている「駒の動きと詰め方」全１５０問と、「必死のかけ方」全40問のほかにも、小倉先生がよりすぐった詰め将棋の問題が１００問も吹き込まれていた。なかには、５手詰めや７手詰めの難しい問題もある。

ある日、午前10時すぎから解きだした５手詰めの問題がいくら考えても解けない。網戸を通った風が座敷を抜けるので、それほど暑くはなくても、しだいに頭が熱をおびる。

「まあくん、これを使い」

開店の11時前にようすを見にきた祖母が扇子をくれた。祖父がだいじにしていたもので、白い紙に墨で稲佐《いなさ》の浜が描かれているという。

出雲大社から西に１キロほどの場所にあり、神在月のはじめに、八百万《やおよろず》の神々を迎える神事がおこなわれる稲佐の浜には家族で何度も行ったことがあった。

「手ぶらで、長いこと考えてるとな、肩がこるやろ。そやからな、右手に持った扇子で、こないにして、左の手のひらをポンポンと叩いたり、扇子を広げて、熱うなった頭や胸元をあおいだりしてみてごらん」

手わたされた扇子で顔をあおぐと、本当に妙手がひらめいた。正彦が角成から始まる5手詰めを解いてみせたので、祖母は大喜びだった。

「そんなにうまくいく～？」

柔道の稽古から帰ってきた姉に話すとからかわれたが、その後も扇子は大いに役立った。

毎週日曜日午前10時からＮＨＫＥテレで放送している将棋番組「将棋フォーカス」と、それに続く「ＮＨＫ杯テレビ将棋トーナメント」を見るときも、正彦は扇子を手元に置いた。

画面は見えないが、テレビ番組やＹｏｕＴｕｂｅは「見る」で、ラジオは「聴く」だ。将棋番組はどちらも生で見るが、「将棋トーナメント」のほうは姉に頼んで毎週の放送を録画してもらっていた。それを放送後に再生して、頻繁に一時停止させながら、点字盤で棋譜をつける。棋譜とは、音楽における楽譜にあたる。先手と後手が指した駒の種類と符号、その手を指すのにかけた時間を記したもので、棋譜があれば対局を再現できる。

その棋譜で棋譜並べをして、また対局を見る。小倉先生おすすめの将棋の勉強法だ。

解説の棋士が話す将棋用語でわからないものや、棋士たちのプロフィールは、スマホで調べた。

スマホで検索した内容を音声読みあげ機能で聞き、要点を自分のノートパソコンに打ち込む。おかげで正彦の将棋に関する知識は飛躍的に増えた。

将棋の戦法は、大きく分けて、「居飛車《いびしゃ》」と「振り飛車」がある。飛車を初形の2筋に利かせたまま指すのが居飛車で、飛車を左辺に展開して指すのが振り飛車だ。

振り飛車は、飛車を振る位置によって、「四間飛車《しけんびしゃ》」「三間飛車《さんけん》」「中飛車《なか》」「向かい飛車」があり、「美濃囲い《みのがこ》」や「穴熊《あなぐま》」に囲うことが多い。

居飛車の戦法には、「矢倉《やぐら》」「居飛車穴熊」「横歩取り《よこふ》」「角換わり《かくが》」「相掛かり《あいが》」などがある。「棒銀《ぼうぎん》」や「早繰り銀《はやぐ》」といった急戦もある。

「玉は上部に逃げろ」や「玉の早逃げ八手の得」、「馬の守りは金銀3枚」などの格言も知ったし、藤井聡太四段以外の棋士の名前もおぼえた。名人、竜王、王将、王位、王座、棋聖、棋王という七大タイトルと、現タイトル保持者の名前もおぼえた。さらに来年からは叡王《えいおう》が加わり、タイトルは八つになるという。

プロ棋士のことは「内藤國雄九段」や「藤井聡太四段」のように段位をつけるか、「佐藤天彦名人《さとうあまひこ》」のように、タイトル名をつけるのが最も敬意を表した呼び方だ。ただし、タイトルは失うことがあるし、段位も上がることがあるため、無難に「内藤先生」

や「佐藤先生」と呼ぶもので失礼ではない。さん付けでもかまわない。

あまたいる強豪のなかでも羽生善治《はぶよしはる》さんは別格だ。ある日の夕飯で、正彦が羽生さんの名前を出すと、父も母も、祖母も姉も知っていたのでおどろいた。

Ｗｉｋｉｐｅｄｉａによれば、羽生善治さんは１９７０年、埼玉県所沢《ところざわ》市生まれ。藤井聡太さんと同じく、中学生のときにプロ棋士になり、１９８９年に19歳で初タイトルを獲得。その後にそのタイトル（竜王位）は失うが、１９９１年に棋王位を獲得。以来25年以上もタイトル保持者であり続けている。１９９６年には前人未到の全七冠同時制覇の偉業を達成したこともある将棋界を代表する国民的スーパースターだ。

父と母は、羽生さんとほぼ同世代なので、「羽生フィーバー」と呼ばれた熱狂的なもりあがりをよくおぼえているという。母が将棋をかじったのもそのころだったが、曽祖父ゆらいの脚付き五寸盤は、こどもも心にもおそれ多かったし、そもそも重たすぎて、押し入れからだせなかった。駒も失くすのが怖くて、袋の口からのぞいただけだった。以来、将棋と聞くと身が縮んでしまい、さっきからの話にも加われなかったのだと母が打ち明けて、みんなが笑った。

祖母は、岡山《おかやま》県倉敷《くらしき》市出身の大山康晴《おおやまやすはる》さんと、広島《ひろしま》県三次《みよし》市出身の升田幸三《ますだこうぞう》さんのことも知っていた。大山さんは十五世名人の大棋士。升田さんは、その大山さんらを相手に熱戦を繰り広げて、名人位も獲得したことのある稀代《きだい》の強豪。どちらの出身地も、島根県と同じ中国地方なので、ふたりの活躍を、ひそかに誇らしく思っていたという。

あくまで、ひそかに応援していたのは、１９４０年、昭和15年生まれの祖母にとって、将棋指しは堅気ではなかったからだ。

役者や小説家と同じく、身ひとつで世の中を渡ってみせる姿はカッコよくも危なっかしくて、嫁入り前の娘が、そうした男性に惹かれていると口にだすのは憚《はばか》られたそうだ。ましてや里見姉妹のように、女性が将棋指しとして世の中を渡ってゆくなど、想像してみたこともなかったという。

「将棋界だと、羽生さんの一世代前の、谷川浩司《たにがわこうじ》さんからですよ。ふんいきが変わったのは。ＯＮ《オーエヌ》に対する原辰徳《はらたつのり》。大山、中原《なかはら》に対する谷川浩司。ぼくがやっていた柔道だと、ロサンゼルスオリンピックの無差別級で金メダルをとった山下泰裕《やましたやすひろ》。あの３人は、上の世代と比べてじつにさわやかで、いまの桃子くらいの歳だったぼくは、時代が大きく変わってゆく気がしたものです」

感慨深げに語った父に、姉が注文をつけた。

「わたしが将棋の話をしたときも、こんなふうに話を広げてくれたらよかったのに」

「いやあ、とっくにバレているだろうけれど、ぼくはカードゲームも、ボードゲームもからっきしだからね。ましてや将棋は、駒の動かし方もちゃんとわかっていないレベルで、谷川さんや、羽生さんのことも、顔と名前を知っているだけなんだ」

言いわけをした父を祖母がかばった。

「それはなあ、桃ちゃん。あのときは、おじいさんが健在で、あのひとは、それはそれは堅いひとやったから」

祖母がなだめて、姉もそれ以上はこだわらなかった。

そば打ちは、今回もうまくいき、立派な将棋盤と駒のおかげで、正彦の小4の夏休みは、これまでになく充実したものになったのだった。

4

9月になり、小学部4年生の2学期が始まった。毎週火曜日4時間目の特別活動でも、金曜日6時間目のボードゲームクラブでも、小倉先生との駒落ち対局がおこなわれるようになり、正彦はますます将棋にのめり込んだ。

多面指しといって、教わる側は5人でも10人でも横一列にすわり、指導者はその前を移動しながら、ほとんどノータイムで指していく。

ただし、視覚障がい者の場合は、双方が指し手を告げるために、盤と盤をある程度離しておかないと、となりの対局で指導者が告げた指し手を、自分に向けたものだと勘違いしてしまうおそれがある。

児童生徒どうしでの対局でも同じことがおきるため、ボードゲームクラブの活動は、通常の教室よりも広い、特別教育棟1階の合同教室でおこなわれていた。

正彦が十枚落ちと八枚落ちの小倉先生に立て続けに勝ったのは、必勝法をインターネットで調べていたからだ。十枚落ちも、八枚落ちも、上手の守備駒が足りないので、繰りだした右銀で2筋を攻める棒銀はふせげない。

「う~ん。夏休み中に、ずいぶん将棋の勉強をしてきたみたいだなあ」

小倉先生が悔しがり、正彦はうれしかった。ただし、出雲の家に、脚付きの五寸盤ともりあげ駒があったことは、自慢になりそうなので、小倉先生にも言わなかった。

六枚落ちの将棋も研究してきたのだが、金と銀を2枚ずつ持った小倉先生は手ごわかった。歩を渡せば、と金をたちまちつくられる。さらに、と金と金銀との交換を強要されて、手が進めば進むほど、こちらの優位が削られてゆく。

対策を立ててのぞんだ11月の文化祭でも、正彦は六枚落ちの先生に敗北を喫した。終盤の入り口で追いつかれたあとも、ねばりにねばったが、負けは負けだ。もっとも両親も姉も祖母も正彦の健闘を讃《たた》えてくれた。

おかげでさらに発奮して将棋にはげみ、文化祭後の特別活動で、正彦はついに六枚落ちの小倉先生から初勝利をあげた。

もちろん小倉先生が本気をだしていないのはわかっている。指導対局といって、同一の局面でも、上手は下手の棋力に応じた指し手を選び、終盤まで接戦になるようにしむけてくれるのだ。

（いつか、平手で、本気の小倉先生と対局したい。10年以上、先のことかもしれないけれど）

対局後の感想戦中に湧きあがった願望で、正彦は胸を熱くした。

小倉先生は過去に放送されたＮＨＫ杯将棋トーナメントの音声だけを録音したＵＳＢ

をたくさん持っていて、正彦は1週間に2局のペースでそれらの対局を棋譜におこした。

点字盤でつけた棋譜で棋譜並べをして、一局の流れを頭に入れたうえで、プロ棋士による解説をじっくり聞く。理解が及ばない局面は2度も3度も解説を聞く。

毎週日曜日の放送は、寄宿舎の食堂に置かれたテレビで見た。いずれ劣らぬトップ棋士どうしの対局を、読みあげられる指し手だけで追い続けていると頭はへとへとになったが、臨場感はハンパがない。出雲の家で録画をしてもらっていたので、冬休みに帰ったときに、こちらも点字の棋譜にした。

小倉先生は『羽生の頭脳』全巻も音声データにしていた。視覚障がい者のための、福祉目的の朗読に作者や出版社の許諾は必要ないそうだが、小倉先生は自分の意図をつづった手紙を出版社と日本将棋連盟に送ったそうだ。

将棋の戦法を解説した多くの本と同様に、『羽生の頭脳』もとりあげた対局の分岐となる局面を「図」として提示し、両者の読みを詳しく解説している。第1図、第2図、第3図、第4図……、長いものでは30を超える図が添えられている。

つまり、文字だけの本とは、構成が大きく異なっている。小倉先生は、そうした内容の本を、視覚障がい者がきちんと理解できるように、図ごとに駒の配置を読みあげて、補足も適宜加えて、丁寧に朗読していた。

年の瀬の夕方、出雲の家の座敷で『羽生の頭脳3　最強矢倉』の朗読を聞いていると、仕事を終えた父があらわれた。

「こりゃあ、よっぽどの先生だな。どうして、ここまでしてくれるのかわからんが、たいへんな手間だよ」

冬なので、ホットカーペットに正座をして駒を動かしていた正彦は本当にそのとおりだと思った。そして父と同じ埼玉県出身の小倉先生に深く感謝しながら、先生の声によって語られる、第一人者の講義を聞いた。理解は及ばないながらも、繰り返し聞いた。

２０１８年が明けて、３学期になり、火曜日４時間目の特別活動でも、金曜日６時間目のボードゲームクラブでも、児童生徒どうしの対局が始まった。

どちらの時間でも、まずは小倉先生が全員を相手に多面指しの指導対局をする。１局10分から15分くらいなので、２局目、３局目は児童生徒どうしで対局する。こちらは平手での対戦だ。

手番の先後は振り駒、つまり五枚の歩を振って、「歩兵」の面と「と」の面のどちらの枚数が多いかで決めるのが一般的だ。しかし、視覚障がい者には向かない方法なので、児童生徒どうしの対局では、先手と後手を交互に指すように言われた。

小倉先生は、どんな手も、ほぼノータイムで指す。ところが、児童生徒どうしだと、相手もたっぷり時間を使って考えるのが、正彦には新鮮だった。

クラスメイト相手には常に後手で指したが負け知らずで、対面にすわる悟や和美や勇気が盤面を確認するために駒をさわる音を、多少の余裕を持って聞いている。

（おれの狙いを見抜いて、しっかり受ける手を指してくれよ。さもないと次の手からの3手一組で、飛車と金の両どりになっちゃうぞ）

そんな正彦の思いをよそに、タダの場所に駒が打たれて、早々に将棋が終わってしまうこともしばしばだった。

だからといって3人がふてくされることはなく、おたがいを相手の勝負を楽しんでいる。局後に4人で感想戦をするのも楽しかった。

ボードゲームクラブでも、正彦は小学部の上級生や中学部の生徒を相手に勝ち星を積みあげた。

こちらでも、相手がちょくちょくポカをしたが、それよりも困るのは、こちらの読みになかった手を指されたときだ。狙いのある妙手ではなく、まったくの見当はずれだとわかるまで、相手の飛車や角の利き筋をたしかめながら、しばし悩まされることになる。

そうした対局が多いだけに、実力者との対戦には充実感があった。

勝ちたい気持ちはもちろんあるが、勝敗よりも、なんらかの原因によって視覚障がい者となったものどうしが、小倉先生の導きにより、まったく同じときに将棋を始めて、両手で盤上の駒をさわりながら、がっぷり四つに組み合えていることが、果てしなくうれしい。

それは小倉先生との対局ではおぼえたことのない感情だった。

3月のはじめに中3の板倉邦典さんと対局したときも、正彦は勝敗より、対局が終わってしまったさみしさのほうが強かった。4月から高等部に進む板倉さんとの対局はこれが最後かもしれないからだ。

板倉さんも寄宿舎生だが、学年が五つもちがうため、ボードゲームクラブで一緒になるまで交流はなかった。全盲なのか、弱視なのかも知らないし、何歳で盲学校に入ったのかも知らないが、ずば抜けて賢くて、小倉先生とはすでに四枚落ち、上手が飛車角と両方の香車を落とした将棋で指していた。

正彦との対戦成績は1勝1敗。板倉さんも正彦の力を認めていたのだろう。前日、木曜日の夕食のあと、正彦は小倉先生に呼ばれて、寄宿舎男子棟の2階にある談話室で板倉さんと話した。

「及川くん、あすの6時間目なんだけど、小倉先生との指導対局はなしにして、ぼくと対局してくれないか」

正彦はおどろいたが、先生の了解はすでに得ているという。

「1局、長くても30分くらいだから、小倉先生と指したあとでも、どうにかなるだろうけれど、できれば時間を気にせずに、きみと指したいんだ」

願ってもない申し出で、「ありがとうございます。よろしくお願いします」と正彦はお礼を言った。

「きみも、特活では、クラスメイトを相手に、いつも後手番で指しているんだろ？」

「はい」と正彦が答えると、「後手から符号を言うのは難しいからなあ。慣れれば、どうってこともないけど」と応じた板倉さんが笑った。

「おまけに、そろいもそろって、振り飛車を指してくる。たしかに、平手だと、振り飛車のほうが指しやすいし、小倉先生のすすめもあるんだろうから、それはそれでかまわないけれど、相振り飛車にしたら、向こうが展開についてこられるか、心もとないだろう。そうかといって居飛車穴熊で応じるのも大人気《おとなげ》ない。だから、軽く左美濃に囲って、ノーマル居飛車で相手をすることになるんだけど、そんな対局ばかりじゃあ、さすがに飽きてくる。藤井システムをやってきてくれたら、張り合いがあるんだが、期待するだけ無駄だからなあ」

談話室にいるのは、小倉先生を含めた3人だけとはいえ、遠慮のない物言いで、正彦はひやひやした。それにしても、板倉さんはよほど将棋を指し込んでいるらしい。

「こんな話をしたからって、あしたの戦型を、事前に決めようっていうんじゃないよ。それじゃあ、対局のおもしろみが半減するからね。とにかく、ぼくもあしたは全力できみとの一戦にのぞむ。きみも、そのつもりできてほしい」

談話室から自分の部屋に戻るや、正彦は机の上に枠のついた将棋盤をだした。手早く先後の駒を並べて、盤の手前に扇子を置く。

初対戦のときは、学年が下ということで先手になった正彦が果敢に棒銀をしかけて勝利した。右銀を繰りだす棒銀は初心者でも指せるシンプルな戦法だが、破壊力抜群で、プロ棋士が大一番で採用することもある。2戦目は後手番で、相矢倉になり、板倉さんに押し切られた。

板倉さんにとって正彦は、盲学校の児童生徒で自分に黒星をつけた唯一の相手。それは正彦にとっても同じだ。

「板倉さんは相居飛車での戦いを望んでいるみたいだけど、矢倉、角換わり、横歩取り、相掛かり。いったい、どれでくるつもりだろう」

どの戦型による対局も、棋譜並べはたっぷりしていたが、実戦経験は皆無といっていい。

前回の板倉さんとの対局で矢倉を選んだのは、『羽生の頭脳3　最強矢倉』の小倉先生による朗読を引き続き聴いていたからだ。

「よし。今回も矢倉でいこう。あの口ぶりからすると、その後のこっちの勉強具合をたしかめたいみたいだし、矢倉は居飛車の基本にして王道だからな」

そう決めた正彦は、時間もないので、相矢倉の対局を1局だけ並べることにした。2015年11月15日に放送された森内俊之《もりうちとしゆき》NHK杯×木村一基《きむらかずき》八段の一戦で、小倉先生のおすすめでもある。

序盤、後手の森内NHK杯が振り飛車模様の駒組みから居飛車に変化して、相矢倉になる。先手の木村八段が3筋で動き、中盤戦に突入。後手の棒銀に対して、先手は5二銀打ちの強手で対抗する。角の腹への銀打ちで、4三の金をとられたら、後手は陣形を大きく崩されてしまう。

ところが、受けの達人で、「鉄板流」の異名を持つ森内NHK杯は平然と手を抜き、9八歩と、と金での確実な端攻めを見せる。

来るなら来いと挑発された木村八段が2筋から猛然と攻めかかる。しかし、森内NHK杯のねばりもすばらしく、詰むや詰まざるやの終盤戦に突入する。

先手が放った5七金が、読みの入った受けの好手。この一手で、寄せの速度が逆転し、先手が攻めきるかと思われた。ところが痛恨の読み抜けがあり、森内NHK杯が木村玉を一気に詰ませるという、将棋の醍醐《だいごみ》味が詰まったスリリングな一戦だ。

自分でとった棋譜をもとに、すでに3、4回は並べているのに、正彦は駒を動かしながら、まさに手に汗を握った。そして快い疲れを感じながら眠りについた。

翌日の6時間目がきて、正彦の先手で始まった将棋は、予想どおり相矢倉になった。

振り飛車が相手の対局とちがい、序盤はおたがいゆっくりした進行。しかし、一度戦いが始まってしまうと、前夜に並べた一局もそうだったように、攻守が目まぐるしく入れ替わる。盤上のいたるところで駒が当たり、大駒の打ち込みもあるので、読み抜けや見損じがあったら、いっぺんに将棋が終わってしまう。

（板倉さんの期待に応えるためにも、ポカはできない）

正彦は一手ごとに盤上の駒をさわり、頭のなかに正確な図を思い浮かべた。駒をとりあうようになってからは、相手の駒台にも手を伸ばした。

互角の形勢が続いたあと、正彦がしかけたところで、板倉さんのカウンターをくらった。交換した飛車を相手陣に打ち合うダイナミックな展開になったが、駒の損得もほとんどなく、形勢不明のまま終盤を迎えた。

先手の正彦は打ち込んだ飛車を切り、馬と2枚のと金で後手玉に迫る。板倉さんは飛車と龍、さらに遠見の角で、先手陣を攻略しにかかる。

むかえた最終盤、正彦に馬引きの好手が出て、からくも勝利をあげることができた。

「及川くん。きみとは1勝1敗だったから、ぜひとも勝ち越したかったんだ。でも、どうやら、きみのほうが、将棋をよく勉強しているし、なにより勝負強いみたいだ」

そう言った板倉さんが、正彦の馬引きについて聞いてきた。

「たしかに、攻めの要《かなめ》である馬を自陣に戻すのはもったいないけれど、あの局面で桂馬が成っても、詰めろにならないし、馬の頭に歩を打たれて、馬の筋をずらされるほうが、よりまずいんで、馬を引くなら、あのタイミングしかないと思ったんです。ただ、馬引きに気づいたのは、その手を指す直前でした。まさに『見えた』って感じで」

そう言った正彦は駒を動かして、盤上に馬を引く前の図をつくった。

「どうぞ」と言って手を引っ込めると、板倉さんが駒をさわっている。

「うん、この局面だ。まさに、きみが言ったとおりで、この次の指し手で、きみは成桂をつくろうとしていたはずなんだ。そうすれば、銀打ちからの詰み筋が生じるからね。それをわかったうえで、ぼくは成桂を放置して、きみの馬の前に歩を打つつもりでいた。そうすれば、馬の利き筋がずれて、寄せまでの速度は逆転していたと思う」

「はい。まさに紙一重でした」

正彦が答えると、「すばらしい勝負だったね」と小倉先生の声がした。「いまの感想戦も、じつに見事だったよ」

「ありがとうございます」と板倉さんが先にお礼を言った。

「板倉くんは、高等部では理療科に進むんだったよな。国家試験に向けての勉強でいそがしくなるんだろ?」

「はい。マッサージ師になるためには体力もつけなくちゃいけないんで、高等部では運動部に入るつもりです。だから、学校での将棋は特活だけになります」

板倉さんが答えて、正彦はとても残念だった。

「でも、せっかく、先生に将棋の手ほどきをしてもらったし、ご存じのように、うちは父と兄も将棋を指すので、社会人になっても、時間をみつけて、将棋をしていこうと思っています」

そう続けた板倉さんが、「及川くんの家族には、将棋をするひとがいるのかい。ぼくはよく、父や兄とスカイプを介して対局するんだ」と聞いてきた。

板倉さんは島根県の西部にある浜田《はまだ》市の出身。おとうさんは浜田高校と島根大学の将棋部OBで、アマ五段の強豪。お兄さんは現在浜田高校の2年生で、将棋部の部長。棋力はアマ三段。

そうした関係で、板倉さんのおとうさんは、江戸時代に活躍した盲人の将棋指し、石《いし》田検校《だけんぎょう》や石本検校《いしもとけんぎょう》の存在を、以前から知っていた。また、視覚障がい者用の将棋盤と駒があることも知っていたので、次男にもどうにかして将棋を教えたいと思った。

そこで板倉さんが5歳のときに、おとうさんは「全国視覚障害者将棋大会（旧全国盲人将棋大会）」を運営している事務局に連絡をとった。ところが、全国大会の参加者のほとんどは、目が見えていたときに将棋の経験があるひとたちだと思うと言われてしまった。

おかあさんからも無理強いになることを懸念されて、重度の弱視者である次男に将棋を教えるのを諦めていたので、小倉先生の試みに大いに感謝しているとのことだった。

「そうなんですか、とてもうらやましいです。うちは、将棋を知っているのは母のほうで、それも居飛車と振り飛車の区別がようやくつく程度なので」

正彦の返答に、板倉さんがおどろいた。

「それじゃあ、小倉先生に教わる以外は、自分ひとりで勉強しただけで、そこまで強くなったんだ。もちろん、きみの努力も並大抵じゃないんだろうけど、やっぱり将棋は早く始めるにかぎるんだな。うちの父は、『もう2、3年早く、おまえが将棋を始めていたら』ってこぼしたことがあって、そんなこと関係ないだろうって思っていたんだけど、いまのきみの話を聞くと、本当なんだという気もするなあ」

そのあと板倉さんが正彦の進路を聞いて、実家のそば屋を継ぐつもりでいると答えると、こちらについてもうらやましがられた。

板倉さんがそうであるように、マッサージ師や鍼灸師になるためには高等部から専科に進む必要があり、将棋に全力をそそぐわけにはいかないからだ。就職先も、かならずあるとはかぎらない。

それから板倉さんは、「全国視覚障害者将棋大会」について、詳しく教えてくれた。

東京の早稲田《わせだ》にある日本盲人福祉センターをメインに、広島、兵庫《ひょうご》、佐賀《さが》、名古屋《なごや》などの会場でも開催されたことがある。有段者のA級、級位者のB級、初心者のC級と、A級の優勝経験者たちによるS級に分かれている。開催日は11月の第3土曜日と日曜日の2日間ということが多いが、12月や1月におこなわれたこともある。

「きみなら、きっと活躍できるよ。父は、ぼくに、やたらと出場をすすめるんだけど、まずは理療科の勉強をしっかりして、自活する道を確保しないとな。よし、握手をしよう。盤の上に右手をだしてくれ」

そう言った板倉さんが、正彦がさしだした右手を両手で握った。

「がんばれよ。もっと、もっと、強くなれ」

かたく手を握り合ったあと、席を立った板倉さんの姿を、正彦は見えない目で追った。

板倉さんの次に強いのは、小学部5年生の雲井とも子さんだ。ただし正彦との対戦はなく、それどころか板倉さんを含むボードゲームクラブの誰とも一度も対局していない。

その理由は、指し手がとてもおそくて、いつも小倉先生との1局だけで終わってしまうからだ。しかも、終局までいかないことがほとんどときている。

それでいて雲井さんは、難しい詰め将棋を、板倉さんや正彦より先に解いてしまうことがあった。戦法も、中飛車《なかびしゃ》穴熊という、特殊な戦法ばかり指しているようだ。

ようだというのは、目が見えない正彦は、小倉先生と雲井さんが指し手を告げる声を頼りに盤面を再現するしかないからだ。

おまけに雲井さんは声がとても小さい。それでも初手から聞いているなら、一局を正確に思い描けるが、途中からではそうもいかないのが、とても残念だった。

五つも年上の板倉さんとちがい、雲井さんは正彦の1学年上であり、いずれは対戦する機会があるはずだ。そのときに備えて、中飛車穴熊の対策も考えていかなければならない。

もっとも、これまで借りた小倉先生作成のUSBに中飛車穴熊の対局は1局しかなかった。また、正彦が見始めてからのNHK杯将棋トーナメントでは、1局も指されていなかったので、現時点で詳しい対策を立てるのは難しかった。

その夜、正彦は板倉さんとの一局を並べなおした。板倉さんの指し手は、攻守とも深い読みに裏打ちされていて、正彦は自分が的確に対応できたのがふしぎな気がした。

（たしかに、ここまで強いと、格下との対局を退屈に感じるかもしれないなあ）

正彦は板倉さんが談話室で語ったことを思い返した。

板倉さんが言ったとおり、悟も和美も勇気も、平手の対局では振り飛車を指した。おそらく小倉先生のすすめによるのだろうが、飛車を振って、美濃囲いにすれば、自陣は堅いし、自分が主導権を握って攻められる。それに振り飛車は、少々ミスがあっても、そこで将棋が終わってしまうことはない。

一方の居飛車は、一手のゆるみで形勢が大きく傾く。歩の指し合いや、金銀の位置など、細かい変化も多く、おぼえることも多い。しかし正彦はそこにおもしろみを感じていたし、居飛車で振り飛車の相手をするのを面倒だと思ったこともなかった。

悟は三間飛車、和美は中飛車、勇気は四間飛車と、三者三様に好みがあり、それぞれ工夫をこらしてくる。とくに和美は、ゴキゲン中飛車が気に入っていて、初手からガンガン攻めてくるので気が抜けなかった。

同じ中飛車でも、雲井さんが好んでいる中飛車穴熊は、じっくりした戦いになる。玉を隅に囲うのに手数がかかるからで、ゴキゲン中飛車よりも守りを重視した戦法だ。美濃囲いも堅いが、穴熊よりも短い手数で組めるので、早く攻めに出られる。

そこで正彦は、もしも姉が将棋に興味をもった小3のときに将棋を始めていたらと考えた。姉のことだから、本気でとりくめば、みるみる力をつけていたにちがいない。そして、三つ下の弟も将棋をおぼえたことを喜び、板倉さんのおとうさんやお兄さん以上の熱意で、正彦を鍛えていたことだろう。

（お姉ちゃんは居飛車党だったかなあ、それとも振り飛車党だったかなあ。どっちにしても、とんでもなく強くなっていただろうな）

想像をふくらませただけで、正彦は楽しかった。

（おれの相手をしてくれるだけじゃなくて、お姉ちゃんはきっと悟や和美や勇気とも、熱心に対局してくれるだろうな。板倉さんみたいに、格下の相手を面倒がらずに、それこそ小倉先生みたいに、誰に向かっても、やさしく丁寧に……）

頭のなかでつぶやいていた正彦は、すわったまま顔を左右に向けた。小倉先生の気配を感じたからだが、ドアには内鍵がかかっているし、誰かが入ってきた音もしていない。

じっとしていると、しばらくして気配は消えた。

(例のやつだ)

テレビドラマや小説のなかで、登場人物は、よく誰かの姿を思い浮かべる。夢にそのひとがでてくることもある。

しかし、それは、目が見えるひとだからこそおきることだ。視覚障がい者であっても、かつて目が見えていたひとには、同じことがおきるそうだが、生まれつき目の見えない正彦のまぶたには誰の姿も浮かんだことはなかった。

それでも、そこにいないはずのひとの気配を感じることはあって、寄宿舎の机に向かって宿題をしていたときに、背後に母がいる気がしたことが何度もある。父や姉の気配を感じたこともあるし、出雲の家の座敷で、亡くなった祖父の気配を感じて、なつかしく、かなしくなったこともあった。

(家族以外では、いまの小倉先生が初めてだ)

頭のなかでつぶやくと、正彦はからだがぽかぽかしてきた。そこで、駒をかたづけて、盤もしまい、ベッドに入ると、そのまま眠りに引き込まれた。

5

4月が来て、正彦たちは小学部5年生になった。

またしてもクラスメイトは増えなかったが、進級祝いとして、小倉先生から全校生徒に、視覚障がい者向けの将棋ソフトがプレゼントされた。埼玉大学教育学部の大学院生だったときに、ゲームソフト会社と共同で開発したものだという。

一般向けの将棋ソフトは、タブレット端末やスマートフォンのパネルに映しだされた将棋盤の駒にタッチして対局するが、そのやり方は視覚障がい者には不可能だ。

そこで小倉先生たちはパソコンを用いることにして、こちらの指し手はキーボード、もしくは音声で入力する。ソフト側の指し手は人工音声が読みあげる。持ち駒をたずねれば答えてくれる。よって、パソコンがあれば対局できるが、かたわらに将棋盤を置き、双方の駒を動かしながら対局したほうが、見損じや見落としをふせげる。

詳しい使い方は、点字の説明書を読んでほしい。文字による説明書もあるので、はじめのうちは、親御さんや寄宿舎指導員の先生に設定を手伝ってもらうほうがいいかもしれない。ソフト側の戦法を指定することもできるし、駒落ち将棋にすることもできる。持ち時間も設定できて、秒読みもしてくれる。

教育目的の製品であり、販売はしていない。ただし特許は取得していて、今後も改良を重ねてゆくつもりとのことだった。

「対戦相手の棋力は12級からになっているけれど、楽に勝ちたいからって、あんまり弱く設定しちゃいけないよ」

小5のクラスでの特別活動の時間に、各自のノートパソコンにインストールされた将棋ソフトを開いた正彦たちは大興奮だった。

「7六歩」と言って、先手のこちらが角道を開ければ、「8四歩」と人工音声が応じて、後手が飛車先の歩を突いてくるのだ。

前年度の終わりに、かねて注文してあった枠付きの将棋盤と点字付きの駒、それに駒台が、山形《やまがた》県天童《てんどう》市の業者から届いた。全校生徒40名の6割ほどが購入したとのことで、購入しなかった児童生徒にも、在学中は将棋盤と駒と駒台を貸与するという島根県教育委員会の決定を受けての、将棋ソフトのプレゼントとのことだった。

また、昨年度は級位の認定をしていなかったが、今年度からは小倉先生との対局での勝敗によって昇級昇段していくと先生が言って、4人ともがさらに興奮した。

あくまでアマチュアの級位と段位だが、小倉先生は日本将棋連盟公認の指導者の資格を持っているため、希望があれば免状をだすこともできる。

駒の種類と動かし方をおぼえたばかりの初心者で12級くらい。級位は強くなると減ってゆき、1級のつぎは初段になる。段位は強くなると増えてゆき、こちらは漢数字で表記する。

「おれは、いま、何級なの?」

まっさきに聞いたのは悟だ。

「その前に、いいかい」

小倉先生は、あらためて、詰め将棋と棋譜並べの大切さを説いた。

先生相手の対局の勝敗によって昇級すると言ったが、勝ち負けだけにこだわらないでほしい。ある手を指すまでにかかった時間で、将棋の勉強をどのくらいしているのかは、手にとるようにわかるのだという。

だからといって、手が早ければいいというわけではない。勝負どころでは、その局面の難しさをわかったうえで、しっかり悩んでもらわないと困る。

「強くなりたければ、地道に詰め将棋を解いて、棋譜並べをすること。棋力がつちかわれて、対局のなかで、これまでは指せなかった手が指せて、勝ちを引き寄せられると、本当にうれしいものだよ」

また、対局をすれば、将棋の実力だけでなく、人物もおおよそわかる。アマチュアのなかには、それなりの実力者でも、自分が勝って、相手の上に立つことが第一で、将棋の内容は二の次、対局中の態度も感心しないというひとたちも少なからずいるのだという。

「ごめん。いまのは、言わなくてもいいことだった」

小倉先生はめずらしく歯切れが悪かった。

そのあと級位が告げられて、正彦は5級、悟、和美、勇気の3人は7級とのことだった。

「あんなに強い正彦と2級しかちがわないんだ」

和美がうれしそうに言った。

「バ〜カ。5級になるには、いまの正彦と同じくらい強くならなくちゃならないんだぞ」

悟にたしなめられて、「え〜、むり〜」と和美が嘆いた。

「おれさあ、いつかは初段になりたいんだけど、何枚落ちの小倉先生に勝ったら、初段になれるの?」

勇気の質問に、小倉先生が咳払《せきばら》いをした。

「飛車落ち。それも、1勝しただけじゃだめで、飛車落ちのぼくに3連勝したらだね」

「え〜、わたしは絶対に無理。ていうか、最初から角を持っている小倉先生に勝つのって、まるで想像がつかないんだけど」

和美の再びの嘆きを、「そんなことはないよ」と先生が受けた。

「最初は、十枚落ちのぼくにも負けたのに、八枚落ちから、六枚落ちまできたんじゃないか。どっちのときも、ぼくに勝って、うれしかっただろ」

「うん、うれしかった。でも、それは、小倉先生に勝つのが、す〜ごくたいへんだからだよ。将棋で勝つのって、ホントにたいへんなんだよね」

「そうなんだよなあ」と応じた小倉先生の声は、いつも以上に気持ちがこもっていた。

正彦もまったく同感で、強い相手に勝つのは本当にたいへんなのだ。

それは棋譜並べをしていても感じることで、劣勢に立たされたプロ棋士のねばりほどすさまじいものはない。序中盤でどれほど差をつけられても、あの手この手で挽回《ばんかい》し、優勢を意識しているはずの相手に、「少しでも甘い手を指したら逆転してやるからな」というプレッシャーをかけ続ける。それだけに、そのまま負けてしまったときの悔しさは、よほどだろうと思われた。

一方、優勢だった将棋に勝ったときは、喜びよりも、ホッとした気持ちが先にくる。リードを守りきり、逆転をゆるさなかったという安堵のほうが強くて、うれしさがこみあげてくるのは、寄宿舎の部屋でひとりになってからということがほとんどだった。

「小倉先生は、何段なんですか?」

勇気が聞いて、「ぼくかい、ぼくはアマ六段」と先生がさらっと答えた。

「すげえ」

悟が声をあげて、「すごすぎる」と勇気も感心している。

「うん。たしかに弱くはないけれど、それでもプロ棋士には歯が立たないんだよ。そもそもアマチュアは昇段に厳密な規定があるわけじゃないから、ぼくの六段も、東京の千《せん》駄《だ》ヶ《が》谷《や》にある将棋会館の道場で六段で指しているということにすぎなくてね」

そう話す小倉先生の声はどこかさみしげで、誰もそれ以上は級位や段位について聞かなかった。

ただし気になってはいたので、その日の放課後、正彦は教育棟の2階にある図書館に行った。蔵書の大半は点字で記された本で、将棋に関するエッセイを借りて読んだこともある。録音図書という、朗読した音声を収録したCDもある。拡大鏡を使えば文字を読める弱視者のために、ふつうの本や図鑑もけっこうあるそうだ。

「将棋フォーカス」により、プロ棋士のことはかなり知っていたが、正彦はこれまでどうすればプロ棋士になれるのかを考えたことはなかった。

(だって、それは、おれにとっては夢のまた夢っていうか、かけらも想像したことがないことだからなあ)

頭のなかでボヤキながら、図書館に備えつけのデスクトップパソコンで検索した内容をヘッドホンで聞くと、プロ棋士になるためには、第一関門として、奨励会試験に合格して、奨励会に入会しなければならないことがわかった。

合格者は、たいてい6級で奨励会に入会する。こちらはアマチュアの級位ではなく、プロ棋士へと続く級位の6級で、両者はまったくの別ものだ。ごくまれに5級で奨励会に入会するひともいるという。

その後は、同じレベルの奨励会員との対局を重ねて、成績により昇級したり、降級したりする。21歳の誕生日までに初段、26歳の誕生日までに四段に昇段しなければ、強制退会となる。つまりプロ棋士への道が閉ざされる。

三段になって半分と言われるほどのきびしい道のりで、四段に昇段し、晴れてプロ棋士になれるのは、6ヵ月を1期としておこなわれる三段リーグを勝ち抜いた上位2名のみ。つまり1年に4人。まさに狭き門で、奨励会員のうち、プロ棋士になれるのは5人にひとりほどでしかないと知って、正彦はおそろしくなった。

奨励会を退会した元奨励会員は「元奨《もとしょう》」と呼ばれる。アマチュアの強豪として活躍しているひとたちはたいてい元奨とのことだった。

(小倉先生も、きっとプロ棋士を目ざしていて、どこかの段階で、その目標を諦めざるを得なかったんだ。その悔しさは、たいへんなものだったにちがいない。それでも立ちなおって、ぼくたちに将棋を教えてくれているんだ)

そう考えて、正彦は、小倉先生は本当にえらいと思った。

羽生善治さんや藤井聡太さんをはじめとするプロ棋士たちはもちろんすごいが、小倉祐也先生が埼玉県から島根県に来てくれなければ、島根県立しまね盲学校の児童生徒たちは、誰一人として、こんなに本格的に将棋を教わることはできなかったのだ。

（小倉先生に感謝しよう。そして、もっともっと、将棋の勉強をしよう）

こちらの意欲が伝わったのか、週末の寄宿舎で、正彦は小倉先生から将棋を教わるようになった。個人レッスンではなく、食堂のテーブルに枠付きの将棋盤を置き、その週の対局についてふたりで検討していると、かたわらにくる児童生徒はちらほらいるが、検討に加わるひとはいなかった。

そのかわり、自分たちでも盤と駒を持ってきて対局を始めたり、ノートパソコンでコンピューターソフト相手に対局するひとはチラホラいるようで、小倉先生の試みはおおむね成功しているようだった。

正彦も、視覚障がい者向け将棋ソフトのおかげで対局数がぐんと増えた。とくに平手で対局できるのが楽しくて、居飛車だけでなく、振り飛車も指した。

将棋が難しいのは、ほぼすべてが応用問題だということだ。学校のテストのように、授業で教わった内容をそのまま答えれば正解ということにはならないのである。

小倉先生は詰め将棋をたくさん解けと言うが、じっさいの対局の寄せ形が、詰め将棋の問題どおりになることはまずない。いくら棋譜並べを重ねても、初手から終局までが、前例とまったく同じということはない。

とくに先生は、こちらの読みを外す展開に持ち込んでくる。六枚落ちから四枚落ちになり、桂馬を持つようになってからは、まさに変幻自在の攻めで、どこをどう守ったらいいのかがわからないまま押し切られることも度々だった。

そうしたなか、正彦が活路を見出したのが振り飛車穴熊、略して「振り穴」だ。

四枚落ちの小倉先生は飛車と角に加えて香車もないのだから、玉が自陣の隅に入り、金銀でがっちり囲う穴熊にすれば、もっとも攻めづらい。三間飛車か四間飛車にかまえて、じっくり指しながら、相手の隙を突いて、優勢を築くのだ。

正彦はこれまで棋譜をとってきた対局のなかから振り穴ばかりを抜きだし、研究を重ねた。その研究をソフト相手に試して、敵の陣形に隙が生じるタイミングを探ることを繰り返した末に、四枚落ちの先生を破ったのは6月の終わりで、正彦は4級になった。

ところが飛車と角の二枚落ちになると、香車による端攻めがあるため、また一から対策を練り直さなければならない。正彦は振り穴から居飛車に戻り、研究を積み重ねたが、飛車の動きを封じられて、接戦に持ち込むことさえできずに負けることが続いた。

そうした試練を経るうちに気づいたのは、駒落ち将棋の効果は、戦法のバリエーションを増やすことにあるのではないかということだ。将棋をおぼえ立てのときから平手の対局ばかりしていたら、早いうちに得意戦法が決まってしまう。

また、同レベルの級位者との対局では、相手のポカや甘い手のおかげで勝つこともある。しかし、小倉先生にポカは期待できない。それどころか、こちらのわずかな隙を的確に突かれてしまうので、つねに最善手を探るようになる。

飛車角落ちの小倉先生に負け続けながらも、正彦は手応えを感じていた。それだけに、クライメイトとの対局に物足りなさをおぼえることもあった。それぞれ力をつけていて、3人とも7級から6級に昇級していたが、正彦との差は歴然としていた。

だからといって、悟、和美、勇気との対局がいやなのではない。そうではなくて、板倉さんレベルの実力者と、平手でしのぎを削りたいのだ。あの対局の最終盤で、最善手である馬引きの一手が見えたのも、力が拮抗《きっこう》した相手との熱戦だったからこそだ。

しかし、雲井さんは相変わらず指し手がおそいようで、ボードゲームクラブでは小倉先生としか対局をしていなかった。戦型も中飛車穴熊一筋だ。

かなうなら、プロ棋士を目ざしているような同年代の晴眼者たちと対局してみたい。歯が立たないとしても、かれらがどのくらい強いのかをじかに感じたい。

「正彦くん、3級になったら、つまり飛車角二枚落ちのぼくから勝利をあげたら、対局時計を使って、一手60秒未満で指すようにしよう。そして対局時計に慣れたら、晴眼者の将棋大会に出場できるようにとりはからってあげるよ」

日曜日の食堂で小倉先生に言われたとき、正彦は椅子から飛びあがるほどおどろいた。それが表情や態度にあらわれたらしく、小倉先生が声を立てて笑った。

「どうして自分の気持ちがわかるのかって、ビックリしたんだろ。そりゃあわかるさ。一度でも盤をはさめば、将棋の強さだけじゃなくて、相手がどんな人間なのかも、おおよそわかるって言っただろ。ましてきみとは、こんなにたくさん対局しているんだ」

小倉先生によると、アマチュアの大会は、持ち時間各自10分ないし15分、それを使いきってからは一手30秒未満というルールが多い。一手30秒未満は、プロ棋士でもきびしいが、そうしないと1局が長くなってしまい、優勝者を決められない。

それはそうだとしても、盤上の駒や持ち駒をさわることで局面を把握する視覚障がい者にとって、一手30秒未満はきびしすぎる。定跡どおりに進むことの多い序盤ならともかく、中盤以降の難しい局面は、どう考えても無理だ。そのため、「全国視覚障害者将棋大会」は持ち時間25分、使いきってからは一手60秒未満というルールでおこなわれている。

「きみたちが晴眼者と対局する場合も、持ち時間を使いきってからは一手60秒未満にしてもらおうと思っているんだ。当然、盤と駒も、視覚障がい者用のものを使う。晴眼者にとっては、いろいろ勝手がちがうわけだから、将棋の内容が張り合いのないものになっちゃあ、申しわけないよな」

「はい」と答えた正彦の声は小さかった。

「なんだい、元気がないなあ」

「いいえ、とてもうれしいのに、本当に晴眼者と対局するのかと思うと、こわいというか」

「こわい。うん、それが当たり前だよ。うんとこわがってもらわなくちゃ。なにしろ、きみは、島根県立しまね盲学校の児童生徒を代表して、晴眼者たちと戦うことになるんだからね」

あまりの重責に正彦は声も出なかった。

「ごめん、ごめん。プレッシャーをかけすぎた。それに、その大会には、うちの学校から、もうひとりかふたり、参加させたいと思っているんだ」

明るい声であやまった小倉先生が続けた。

「似合わないのを承知で威張るけれど、ぼくはアマ六段だからね。そこそこ強いんだ。きみは、そのぼくを、飛車と角の二枚落ちで倒せそうなところまできている。よく勉強しているし、筋も悪くない。あと半年もしたら、初段に手が届くだろう。全国大会の県代表になる小学生はアマ四段以上がほとんど。奨励会試験もらくらくパスするはずの、そうした連中には敵わないにしても、2級や1級の子たちとは互角以上に戦えるはずだよ」

目標は、来年のゴールデンウィークに、松江市内の将棋道場が主催する小中学生の大会。そこで好成績をあげたら、夏休みに広島市でおこなわれる中国・四国地方の将棋大会会にも参加できると言われて、正彦はファイトが湧いた。

そうして臨んだ10月下旬の特別活動での対局で、正彦はついに飛車角二枚落ちの小倉先生から勝利をあげたのである。

その対局では趣向を一新し、はじめて中飛車にかまえて、自陣は美濃囲いにした。しかも自分から飛車を切り、相手の金銀との二枚替えに成功した正彦は、と金を使った端攻めで、先生の囲いを着実に切り崩していった。

悟、和美、勇気の3人は、指導対局が終わったあと、自分たちでは指さずに、こちらの対局を見守っているらしい。つまり、小倉先生がずっと自分の対面にすわっているわけで、正彦はこれまでにない圧力を感じた。

(この一局に勝てば、念願の3級になれる。そして対局時計を使えるようになって、同年代の晴眼者たちと戦うんだ)

終盤、正彦は明らかな勝勢になった。ただし、小倉先生の追いあげもあり、絶対に間違えられないというプレッシャーで手がふるえた。打とうとした駒が盤の枠に当たり、マス目にうまく収まってくれない。

「負けました」

小倉先生の声が耳に響いたときも、正彦はすぐにはことばが出なかった。

「おい、どうした。正彦が勝ったんだぞ」

悟に背中を叩かれて、正彦はようやく、「ありがとうございました」と言った。

念願の3級に昇級して自信をつけた正彦は文化祭での対局でも飛車角落ちの小倉先生から勝利をあげた。両親、姉、祖母が見守る前での完勝で、正彦は2級になった。

その対局では対局時計を使い、持ち時間15分、使いきってからは一手60秒未満で一局を指しきった。

対局時計は左右にふたつの時計とボタンがついていて、自分の手を指したあとに手前のボタンを叩くとカウントが止まる。それと同時に相手側の時計が動きだすという仕組みだ。

設定された時間が迫ると、電子音声が自動的に秒読みを始める。一手60秒未満の場合は、「30秒」「40秒」のあと、「50秒、1、2、3、4、5、6、7、8、9」とカウントが進んでゆき、ボタンを叩く前に「10」まで読まれてしまったら、時間切れで反則負けになる。

慣れないうちは、秒読みが始まると思考が停止してしまうため、その前に指さなくてはと大いにあせる。慣れてくると、秒読みが始まるまでに指し手を決めておき、電子音声が10数えるあいだに、その後の展開を考える余裕ができる。

対局時計を盤のどちら側に置くかは、後手番が決める。右利きなら、自分から見て右側に置けば、頭のボタンを叩きやすい。一手でも先に相手玉を詰ませば勝ちの将棋では、先手番が有利であるため、後手番の不利を少しでも相殺《そうさい》するためのルールだ。

正彦が2級になったのとほぼ同じころ、高等部の理療科に進んだ板倉邦典さんも2級になったと聞き、正彦はもう一度対戦してみたいと思った。しかし日曜日の食堂での小倉先生との検討会に板倉さんが参加することはなかった。

ふたりを追うように、雲井とも子さんも4級になり、小倉先生と飛車角の二枚落ちで対局していた。ただし、あいかわらず先生との1局しか指さず、指し手を告げる声も小さい。戦法も引き続き中飛車穴熊にこだわっている。

四枚落ちなら、上手に香車はない。しかし小倉先生が香車を持った飛車角二枚落ちの将棋で、相手の香車の利き筋である端まで玉を移動させるのは、あまり得策とはいえないはずだ。

雲井さんは、もともと中飛車が好きで、それと穴熊を組み合わせたのだろうか。オリジナルの戦法を編みだし、それを極めようとしているからには、よほど将棋の勉強をしているにちがいない。それとも、板倉さんのように、家族に将棋の強いひとがいるのだろうか。

学年がちがうこともあり、正彦が雲井さんについて知っているのは、名前と寄宿舎生でないこと、それに声が小さいことくらいだった。体形や髪型や服装も、もちろんわからない。

スクールバスで通っているなら、和美や勇気が、雲井さんについて、少しは知っているかもしれないが、上級生の女子のことを、クラスメイトにたずねるのは恥ずかしい気がした。

その後の対局でも、雲井さんは小倉先生に負け続けて、なかなか3級への昇級はならなかった。正彦も、飛車と左の香車を落とした先生に負け続けて、対小倉先生の連敗は3に伸びた。

すでに12月になり、2学期のクラブ活動は残すところ1回だけだ。冬休み前の1級への昇級も難しくなり、正彦はあせりを感じていた。

(小5のうちに初段に昇段したい。そして有段者として、来年5月の大会で、同年代の晴眼者たちと対局したい。でも、どうすれば、ここからさらに棋力をあげられるのかがわからない)

「及川くん、聞いてるかい?」

小倉先生に呼ばれて、正彦はわれに返った。

先生は、クラスでは名前で呼ぶが、クラブ活動では名字で呼ぶ。

「それじゃあ、もう一度、最初から言います。来年の2月15日金曜日に、みんながこの2年間してきた、将棋を通じた学習についての研究発表会があります」

本校の先生たちはもちろん、島根県内の小中高校の先生たち、さらには小倉先生が卒業した埼玉大学の教育学部や、埼玉県の盲学校からも先生たちが見学に来る。中国・四国地区や関西地区からも、たくさんの先生たちが見学に来る。

「そして、特別ゲストとして、プロ棋士も、おひとり呼んでいます」

小倉先生が言うと、歓声があがった。

「え〜、誰が来るの」

「藤井聡太じゃない？」

「呼び捨てはやめろよ。藤井聡太六段だよ。いや、七段になったんだっけ」

「わたしは里見香奈さんだと思う。出雲市出身の女流棋士」

（いったい、誰が来るんだろう。誰にしろ、そのプロ棋士は、小倉先生と仲がいいひとなんだよな。やっぱり、先生はすごいんだ）

正彦も想像を膨らませた。

「それは当日のお楽しみです。研究発表会では、みなさんが詰め将棋を解くところや、対局するところを、プロ棋士をはじめとするたくさんのひとたちに見てもらうので、ボードゲームクラブのみなさんは、いつも以上に張りきってください。日本将棋連盟関西支部の事務局からも、数名の見学者が来ることになっています」

（もしかして、その日、おれは板倉さんと戦うんじゃないかな。いや、ひょっとすると、雲井さんかもしれないぞ）

ふいに浮かんだ思いつきは、正彦の頭を離れなかった。

6

冬休みになり、出雲の家に帰った正彦は将棋の勉強に余念がなかった。

2月半ばの研究発表会で誰と当たるかも気になるが、頭の大半を占めていたのは、棋力の向上と、来年のゴールデンウィークにおこなわれる、松江市内の将棋道場が主催する大会にどんな戦型でのぞむのかだ。

これまで、平手では、居飛車をメインに指してきたが、盤面が見える晴眼者が相手となると、多少のミスをしても挽回がきく振り飛車、それも振り飛車穴熊は有力な戦法となる。序中盤で形勢が大きく傾くこともないため、たとえ負けたとしても面目は保てる。

(でもなあ、それじゃあ、いかにも、目が見えないから振り穴にしてますって感じだもんな。そんな皮肉なことを思うひとは、じっさいにはいないにしても、おれ自身にやましさがあっちゃあ、将棋に勢いが出ない。緊張でガチガチになるはずの初戦は、方針も、指し手もわかりやすい振り穴でいくとしても、横歩取りや相掛かりといった空中戦や、本格的な矢倉戦でも十分に指せるっていうところを、道場の席主さんや、同年代の晴眼者たちに見せてやりたいからなあ)

そんなことを考えながら詰め将棋の問題を解き、棋譜並べをして、ノートパソコンで将棋ソフトと対局をする。クリスマスプレゼントに買ってもらった対局時計も使い、一手60秒未満の対局を2局3局と指しているうちに、その日も正午が近づいた。

座敷には、古い振り子時計がかかっている。カチコチと音を立てて、長針が12に来ると、鐘の数で時刻を報《しら》せる。3時なら三つ、5時なら五つ。毎時の半にも、ひとつ鳴る。赤い時計の頭を押さなくても時刻がわかるのは助かるが、正午と零時には12も鳴って、さすがにうるさい。

暮れの30日で、祖母曰《いわ》く、「猫の手も借りたい年末年始」は姉もお店を手伝っているため、正彦はお昼をひとりですませていた。母がつくってくれたおむすびの日もあれば、菓子パンやカップラーメンの日もある。

それが、きょうは、鴨南蛮を食べさせてくれるという。かけ汁で食べる割子そばもおいしいが、寒い季節には、あたたかい鴨南蛮にかぎる。ただし、お店では一杯1300円でだしているごちそうなので、そんなに度々は食べさせてもらえない。

(それにしても、おそいなあ)

時計の鐘がひとつ鳴り、12時半をすぎてもおそばが来ないので、正彦はじれてきた。しかし、長い行列のできている満員のお店に入っていって催促をするわけにもいかない。

「お待たせ~、悪かったねえ」

ようやく母の声がして、正彦は文句を言った。

「おそいよ。おなかがすいて、死んじゃうよ」

そこで口をつぐんだのは、足音で、座敷に、もうひとり入ってきたことに気づいたからだ。しかも、父でも、姉でも、祖母でもない。

「誰?」

正彦の問いかけに、「こんにちは」と応じたのは小倉先生だった。名乗られなくても、声でわかる。

「悪かったね。おそばがおくれたのは、ぼくのせいなんだ。出雲大社に参拝に行ったら、ものすごいひとで、思っていたより、1時間以上もよけいにかかっちゃって」

おどろきすぎて、正彦は声もでなかった。

「おお、これが、及川家に代々伝わる将棋盤だね。駒も立派じゃないか。トップ棋士でも、ここまで見事な盤と駒で勉強しているひとは、そんなにいないはずだよ」

「どうぞ、先生。まずは、めしあがってください。まあくん、小倉先生に座布団をだしてあげて」

鴨南蛮の丼と割箸、それに井戸の水が入ったコップをテーブルに置くと、母はお店に戻っていった。

「ごめんよ、おどろかせて」

とつぜんの訪問をあやまった小倉先生によれば、去年も今年も、文化祭のときに、父と母から、ぜひ一度お店に来てほしいと言われたという。

　去年も帰省の前に寄れたらと思ったが、都合がつかなかった。今年は運よくサンライズ出雲号のチケットがとれたこともあり、おことばに甘えてやってきた。

「内緒にしておいて、正彦のやつをビックリさせてやりましょう」と言いだしたのは、父だという。

「待たせたうえにおどろかせて、悪かったね。さあ、食べよう」

「あの、まず、コップのお水をひと口、飲んでみてください。うちの井戸水で、とてもおいしいんです。夏は冷たくて、冬はほどよい温度で」

「本当だ。これは、おいしいお水だね。わかったぞ。きっと、おそばを茹でたりするのも、お汁も、この水を使っているんだ。教えてくれてありがとう」

　お礼のことばに続き、「いただきます」と言った小倉先生がそばをすすり、正彦も割箸を手にとった。脚付きの五寸盤ともりあげ駒のことは、先生にも言っていなかったはずだが、きっと父が話したのだろう。

「いやあ、本当においしいなあ。松江の八雲庵《やくもあん》にも引けをとらないおいしさだね。知ってるだろ、お堀沿いの塩見縄手《しおみなわて》にある、池に巨大な錦鯉《にしきごい》がたくさんいる有名店」

「はい。一度、家族で食べに行きました。八雲庵のひとたちも、大国庵のことは知っていて。池の錦鯉にもエサをあげました。堀川めぐりの遊覧船にも乗りました」

「そうかあ。達人は達人を知るというけれど、名店も名店を知るだ」

そんな話をしながら鴨南蛮を食べていると、振り子時計がひとつ鳴った。その前のひとつは12時半だったから、いまのひとつは午後1時だ。

「すばらしい場所にある、すばらしいお店とお宅だね。ぼくが生まれ育った埼玉県の春日部市も、けっして歴史がないわけじゃないんだが、古事記のなかで、素戔嗚尊《すさのおのみこと》がたどり着いたとされる出雲の国とじゃあ、くらべものにならないからなあ。そういえば、きみのおとうさんは、ぼくと同じ埼玉県の出身で、柔道の選手だったんだってね。お姉さんも柔道をしていて、かなり強いと聞いたよ」

「はい。運動神経抜群で力持ち。小学6年生のときに初段、つまり黒帯になりました」

正彦にとって桃子は自慢の姉だった。

「そりゃあ、すごい。ぼくなんか、一瞬で投げられちゃうんだろうな」

「勉強も、よくできるみたいです」

「文武両道か。うらやましいなあ」

小倉先生の話し方は、盲学校の教室や寄宿舎で話すときよりも、さらにゆったりしていた。

正彦も一度だけ乗ったことがある寝台特急サンライズ出雲号は、始発駅であるJR出雲市駅を午後6時55分に出発する。

そば処大国庵から歩いて2〜3分の場所に一畑電車の出雲大社前駅があって、JR出雲市駅まで30分ほどで行ける。ただし途中の川跡《かわと》駅で電車を乗り換えなくてはいけない。路線バスのバス停もすぐ近くにあるが、出雲市内を循環してからJRの駅に向かうので、けっこう時間がかかる。

車で直行するのが一番便利だから、きっと父か母が送るのだろう。それでも道路が渋滞することはあるし、ご実家へのお土産を買ったりする時間も考えると、小倉先生がうちにいるのは長くても午後5時ころまでだろうと、正彦は頭のなかで計算した。

「年末は、年越しそばを食べにくるひとたちでお店がいつも以上に混むんですが、お客さんのほうでもよくわかっているから、回転が速いんです。きのうも、午後2時半には、のれんをしまったので、両親も、そのころには戻ると思います。ぼくが言うことでもありませんが、どうぞゆっくりしていってください」

正彦が伝えると、「ご丁寧にありがとう」と小倉先生が言った。

「それじゃあ、おそばを食べ終わったら、一局指そうか」

「いいんですか」

「もちろんさ。こんなに上等な盤と駒で指せることは、めったにないからね。そうだ、ご希望なら、平手でもいいよ。戦型も選ばせてあげよう。もちろん、その対局時計も使って」

「いいえ。いま学校で指しているのと同じ、対局時計を使っての、上手が飛車と左の香車を落とした将棋でお願いします」

正彦は畳に両手を突いた。

「きみは、本当によく将棋のことを勉強しているんだね」

小倉先生はそれ以上言わなかったが、プロ棋士はプロ棋士どうしとしか平手で指さないのを、正彦は知っていた。

アマチュアの有力者も参加できる棋戦などの例外はあるが、アマチュアはプロ棋士に将棋を教えてもらう立場であり、本気のプロ棋士と平手で対局したければ、奨励会の三段リーグを突破してきなさいというわけだ。

盲学校の図書館にあった点字の本で読んだことを、ある日の夕食で話題にすると、

「そりゃあ、とても大事なことだよ」と父が言った。

「餅は餅屋というが、身につけた技や芸だけで世の中を渡ってゆくプロフェッショナルと、本業が別にあるアマチュアとは一緒にならないよ。少なくとも、アマチュアの側が、プロと対等に扱ってもらおうっていうのは、身のほど知らずというか、こわいもの知らずというか、虫がよすぎる話だなあ」

父はさらに続けて、自分が打ち込んできた柔道の例をあげた。

かつて、柔道の選手はすべて大学や実業団に所属しており、プロというカテゴリーは

なかった。しかし、あきらかに別格の、「本物」と呼ぶしかない選手たちはいて、そのちがいをまざまざと見せつけられたことがある。

　父も高校生のうちに二段になった有望株で、インターハイをはじめとする全国大会にも出場したことから、スポーツでは名の知れた東京の私立大学に入学した。そこで日本代表候補の先輩たちとも稽古をしたのだが、迫力が桁違いだったという。

「乱取りでも、おまえたちごときには本気をだすまでもないって感じで、手もなくあしらわれちゃうのさ。悔しまぎれに、強引な足払いにいって、先輩の軸足を蹴飛ばした同級生がいたんだけど、目にもとまらぬ、ものすごい投げ技をくらって、しばらく畳から起きあがれなかったよ。そのときに、本物を怒らせたら、マジでやばいってことを学んだね」

　いつになく熱く語った父は、「及川のおとうさんも、まごうかたなき本物だった」と言って、「ふう〜」と大きなため息をついたのだった。

　小倉祐也先生はプロ棋士ではないが、アマ六段の強豪であり、2級の自分とは天と地ほどの差があると、正彦は思っていた。

　正彦の読んだ本の作者は二本松英夫《にほんまつひでお》さんという将棋の観戦記者で、かつてはプロ棋士を目ざし、奨励会の三段リーグに在籍していた。退会後、新聞記者になったのだが、その本には島根県大田市で開催されたタイトル戦を観戦したときのことも書かれていた。

二本松さんは大の鉄道好きでもあり、大田市に行くにあたっては、往復ともサンライズ出雲号に乗った。出雲大社にも参拝し、大国庵でお昼を食べたようなのだが、お店の名前はあげていなかった。

そば処大国庵はテレビやラジオの取材を基本的に断っていて、それは祖父が決めたことだという。二本松さんは、店内のようすで、大国庵の流儀に気づいたのかもしれない。番組で訪れた芸能人やスポーツ選手の色紙や写真をたくさん飾っている飲食店もあるそうだが、大国庵はそうではないからだ。

しかし、どちらも小倉先生に話すことではないと思い、正彦は黙ったまま、久しぶりの鴨南蛮を味わった。

食べ終わったあと、正彦は台所で丼とコップを洗った。テーブルも台布巾で拭いた。

小倉先生はさかんに恐縮していたが、盲学校の家庭科には調理実習がある。包丁でりんごの皮を剝いたり、キャベツを千切りにしたり、目玉焼きをつくったり。カレーライスや豚肉のしょうが焼きもつくったし、あとかたづけだってお手のものだ。

寄宿舎では、洗濯や掃除も自分たちでしている。寄宿舎指導員の先生方が見守ってくれているからこそだが、高等部を卒業後はひとり暮らしを始めるひとたちもいるのだから、みんな真剣だ。

炊事手袋とエプロンを外した正彦が小倉先生と脚付きの盤に向かっていると、祖母と姉に続いて両親も戻ってきた。きょうも大繁盛で、きのうと同じく、午後2時すぎには３００人前のおそばがなくなったという。

「年の瀬も押し迫った、一年で一番いそがしいときにお邪魔しまして、まことに申しわけありません。教え子の家でごちそうになっていたと、あらぬ誤解を受けないように、終業式の日、校長に、出雲の大国庵さんにうかがいますとことわりましたら、水尾校長も一度ならずまいっているとのことでした」

盤の前を離れた小倉先生がかしこまったあいさつをした。

「そうでしたか。それは、お気をつかわせて申しわけありませんでした。こちらこそ、帰省の前にお立ち寄りいただいて恐縮です」

父もいつになくかしこまったあいさつをした。

「先生、おやせになったんじゃありませんか？」

小倉先生や父と反対に、母が気さくに話しかけた。

「去年の4月に松江に来てから、あまりにも食べものがおいしくて、ついつい食べすぎていたのを、少しおさえたんです」

「近ごろの若い男性は、みなさん細身で、シュッとされていますけれど、男の方は恰幅《かっぷく》がよくてもいいですよ」

「お説をうけたまわりました。ただ、埼玉に帰れば、母がいろいろ食べさせようとするはずなので、正月太りにならないように気をつけようとは思っているんです。桃子さんでしたよね。正彦くんとは三つちがいで、中学2年生。柔道初段とうかがいました」

「はい。ご覧のとおりの女丈夫です。それに勉強もよくできて」と答えたのは、姉ではなく、祖母だ。

「がんばってください。ただし、けがには気をつけて」

そんな会話が交わされたあと、小倉先生が大国庵の鴨南蛮をさかんにほめた。祖母も父を持ちあげたので、父が恐れ入っている。

そこに店員の阿部《あべ》さんと永井《ながい》さんが、ぜんざいと煎茶を持ってきた。そのお盆を母と姉が受けとり、テーブルに置いてゆく。

「先生、どうぞ足を崩してください。ほら、まあくんも、いい加減に、こっちにいらっしゃい」

これから終盤に入る局面で、正彦には有力な攻め筋があったのだが、こうなってはしかたがない。

「あたたかいうちに、ぜんざいをどうぞ」

そうすすめた母が「ひと仕事したあとの甘いものはおいしいねえ」と舌鼓を打って、みんなも割箸を割っている。

「それにしても、よく島根にいらしてくださいました。どういったご縁で、こちらに来られましたか?」

打って変わってあらたまった母の問いかけに、「水尾珠子校長です。あの方が、ぼくの卒業論文に興味を示してくださいまして」と小倉先生が答えた。

それから、ひとしきり、小倉先生は島根県に来た経緯を語った。

大学院修了まで在籍した埼玉大学教育学部は、障がい児教育の研究と実践にとりくんできた長い歴史がある。大学があるさいたま市と隣接する川越市には、埼玉県立さいたま盲学校がある。

児童生徒が100名を下回ったことはなく、教職員もすぐれた方々ばかりで、スポーツにも熱心にとりくんでいる。パラリンピック選手を何人も輩出していて、メダリストもいる。

小倉先生の研究テーマ『視覚障がい児が将棋をおぼえるためのカリキュラム』にも理解を示してくれて、『この駒、なあに?』も、『3枚の合駒』も、さいたま盲学校での実践から生まれた。ほかにも多くの貴重な助言や示唆をもらって、小倉先生は卒業論文と修士論文を完成することができた。

「文句なしの盲学校なんですが、児童生徒数が多くて、ぼくひとりでは、全員に将棋を教えるのは難しい。それに、ぼくの目標は、ひと握りの天才児を見つけだして、その才能を開花させることではなくて、たくさんの目の見えないこどもたちに、強くても、弱くても、将棋を楽しんでもらいたいということだったものですから」

そこで、その志を手紙にしたためて、卒業論文と修士論文もそえて、全国の盲学校に送ったところ、まっさきに手をあげてくれたのが島根県立しまね盲学校の水尾珠子校長だった。

連絡先として、メールアドレスも、住所も記しておいたのだが、いきなり携帯電話にかけてこられたので、小倉先生は面食らった。

「わかるなあ。きっと、県の教育委員会や、運営協議会にもはからずに、それ急げ、よその県にとられてたまるかって思って、小倉先生の携帯電話にかけたんですよ」

そう応じた父によると、5年前の6月に正彦をつれて見学に行ったときも、水尾校長はたいへんな勢いだったという。

ただし、そのときはまだ教頭で、翌年度から、松江市内の小学校で2年間校長をつとめて、3年前の4月に校長として盲学校に戻ってきた。

「おそらく、5年前の時点で、すでにそういう話になっていたんでしょう」と付け足した父が水尾校長をほめた。

「もう熱い熱い。正彦のことも、逃がしてたまるかって感じでしたね。われわれは、店の定休日の木曜日にうかがったんですが、翌週には向井悟くんのご家族が見学にくることになっていて、近年の盲学校では、小学1年生から同級生がいることなんてめったにないんだから、絶対に入学してください。万全の体制で歓迎します。それに小学1年生がふたりもいれば、同級生が年々増えていくはずだし、下級生も増えますからって言われて」

じっさい正彦と悟の学年には和美と勇気が加わったし、その下の学年も児童がゼロということはなかった。

父の話を受けて、小倉先生も水尾校長をほめた。埼玉大学教育学部の有為の人材を島根県に受け入れるにあたり、水尾校長は無用な軋轢《あつれき》を生まないように、諸方に丁寧なあいさつをしてくれた。おかげで小倉先生は母校の指導教授や研究室のスタッフ、それにさいたま盲学校の方々とも良好な関係を保てている。

来年2月の研究発表会についても、水尾校長は、小倉先生が当初考えていたよりもはるかに規模の大きなものにしようとしていて、正直に言えばとまどっている。どうやら今年度で定年を迎える自分の花道にしようとしているらしく、とても口ごたえはできないとのことだった。

「あの校長は、ちょっといない傑物ですよ。大胆にして細心。しかも明朗快活。水尾校長のなさることにまちがいはありません。小倉先生のとりくみも、きっと大きな話題になりますよ」

父がここまでひとをほめるのはめずらしかった。

「お茶をいれなおしてきましょうね」

じょうずに間をとった母がみんなの湯飲みをお盆に載せていると、「あの、わたし、小倉先生に聞きたいことがあるんです」と姉の桃子が言った。

正彦はおどろいた拍子に、口に残っていたお餅を飲み込んだ。父も母も祖母もおどろいているらしく、なごやかだった座敷の空気が一変した。

姉は家族といるときは屈託がないが、家族以外のひとの前では妙にかしこまってしまう。水尾校長がみえたときも、姉は向けられた質問に返事ができずにいたのを、正彦はおぼえていた。それは2年前の夏休みのことで、姉はいまの正彦より1学年上の小学6年生だった。

続けて頭に浮かんだのは、小3から小4になる春休みの終わりに、松江まで送ってくれた車のなかで、父が姉について言ったことだ。

「あいつ、おまえがうちにいるあいだは明るくふるまっているけど、このところスランプなんだ」

そう話した父は、好不調は誰にでもあることだし、強くなるものほど悩みは深い。その深い悩みを乗り越えたときに、ひとまわりも、ふたまわりも大きく成長すると言ったので、正彦は姉の不調について、それ以上詳しく聞かなかった。しかし中2の冬になっても、姉はスランプから抜けだせていないようだった。

そもそも姉はなにについて悩んでいるのだろう。てっきり柔道に関する悩みだとばかり思っていたが、そうではないのかもしれない。

しかも、小倉先生になにを聞きたいというのか。まさか、いまから将棋を始めたいわけではないだろうし、弟の視覚障がいについてだって、あらためて知りたいことはないはずだ。

正彦が全盲なのは、未熟児網膜症のためだった。その名のとおり、未熟児で生まれたことにより、網膜に異常が発生したのが原因だ。

早産になったのは、妊娠中の母が大きな精神的ストレスをこうむったからであり、その事件には姉がかかわっているわけだが、3歳だった姉にはこれっぽっちも責任はない。ましてや小倉先生にアドバイスを求める性質のことではない。

それなら姉は小倉先生にいったいなにを聞きたいというのか。それも家族全員がそろっている前で。

両親も祖母も正彦と同じ気持ちらしく、まさに固唾《かたず》を飲んでいるのが気配でわかる。

「どうぞ。ぼくに答えられることでしたら」

小倉先生が学校にいるときの声で応じた。おだやかだが、さっきまでより、発音がしっかりしている。

「先生は、どうして、どんなきっかけで、視覚障がいのこどもたちに将棋を教えることを思いつかれたんですか。ここまでうかがったお話からすると、ご両親や、ごきょうだいが目が見えないというわけではないですよね」

姉の声には、自分自身を問いつめるような切迫感があった。

「ええ、ちがいます。うちは男ふたりのきょうだいで、六つ上に兄がいます。ぼくは祐也、兄は秀也《しゅうや》というんですが、兄は名前のとおりの秀才で、埼玉県立浦和高校から現役で東北大学医学部に進み、いまは大学病院で小児科の医師をしています。秀才といっても、頭でっかちではなく、小中は軟式野球、高校では硬式野球をしていたくらいですから、運動神経もよくて、体力もある。おまけにやさしさもかねそなえた、まさに尊敬すべき人間です。両親はどちらも公立学校の教員です。父はいま、県立高校の校長をしていて、母はずっと小学校の教員をしています。ぼくは勉強も運動も、兄のようにはよくできなかったので、そのことに悩みはじめたときに、将棋と出会ったんです。小学3年生の4月でした」

ひと息に話した小倉先生が、「少し遠回りな話になりますが、よろしいですか？」と誰にともなくたずねた。

「お願い致します」と父が答えて、「すぐに戻りますので」と言った母がお盆に載せた湯飲みをカタカタさせながら台所に向かった。

「わたしも行きましょ。桃ちゃんは、座敷におりなさい」と祖母も続いた。

「桃子さんは、文系の科目と理系の科目の、どちらかが得意ということはありますか？」

祖母と母が戻ってくるまでの場つなぎという感じで、小倉先生が姉に質問を向けた。

「いいえ、いまのところは、どちらも授業についていけています。でも、文系の科目のほうが好きです」

「そうですか。ぼくは理数系が本当に苦手でしてね。センター試験も大苦戦でした」

「ほう。そうなんですか。将棋が強いというと、数学が得意というイメージがありますが」

父の疑問に、「いいえ、それはまったくの誤解です」と先生が答えた。

「おとうさんも柔道の有段者とお聞きしていますが、おそらく歴代の金メダリストたちは、得意技も性格も千差万別ですよね」

「ええ」

「それと同じで、プロ棋士も、みなそれぞれの流儀で将棋が強いので、共通しているのは、盤上の戦いに一生を捧げても悔いないほど将棋が好きという一点のみです」

姉の切迫感が移ったのか、小倉先生の声には気負いがあった。ただし、すぐに自分で気づいて、場をなごませた。

「すみません。理数系には、いまでもコンプレックスがあるものですから」

「いやあ、わたしのところも男ふたりのきょうだいですが、兄とぼくも真逆ですよ。向こうは生まれ育った川口市のお堅い公務員。ぼくには、恥ずかしながら風来坊のようなところがありましてね。おまけに迂闊《うかつ》なもので、気がついたら、故郷を遠く離れた、見ず知らずの出雲の国でそば打ちをすることになりまして。ありていに言えば、見事に引っ掛かったんです。妻は、東京のそば屋に修業に来ていましてね」

「また、そんなことを言って」

　座敷に戻ってきた母がそれぞれの前にお茶の入った湯飲みを置いた。さっきは煎茶だったので、こんどは焙《ほう》じ茶《ちゃ》にしたという。

「お話の腰を折ってすみませんでした」

「いいえ。それにしても、正彦くんの将棋はとても筋がいいんですよ。この歳になったから言えるんですが、ぼくは、兄へのコンプレックスから、勝ちたい気持ちが強すぎたんです。名局と言われる対局の棋譜並べをしていても、ポイントを稼いだ指し手や、勝負どころで繰り出された妙手にばかり目がいってしまって、初手から終局までの、一局の流れに対する理解が浅かったんですね。将棋用語では、大局観というんですが、要するに自分に自信がなかったんで、一局を指すことで学ぶものも、とても少なかった気がするんです。そのことがさらなるあせりを生んで、まさに蟻《あり》地獄にはまった蟻となり、足掻《あが》けば足掻くほど奈落に落ちてゆくハメになりました」

忸怩《じくじ》たる思いを語ったあと、「もうひとつだけ前置きがあります」と小倉先生が言った。

「おとうさんが打ち込んでおられた、そして現在は桃子さんが打ち込んでいる柔道も、将棋と同じく一対一で戦う個人競技ですから、野球やサッカーといったチームスポーツとちがって、味方の活躍で勝つことがないかわりに、味方に足をひっぱられて負けることもありませんよね。つまり、勝敗の責任は、すべて自分で背負わなければならない」

「はい」と姉が答えた。

「ただし、同じ個人競技でも、柔道と将棋にはちがいもあります。柔道では、体重別にクラスが分けられていても、選手それぞれの筋力や反射神経には優劣がありますよね」

「もちろんです。そのために日々苦しい稽古にはげんで、からだを鍛えるわけですから」と父が答えた。

「ところが、将棋は駒を使って戦うので、平手の将棋の初形では、両者の戦闘力はまったくの互角なんです。つまり勝敗の責任は、自分の思考力と判断力にあるわけで、負けたときは本当にこたえるんです。ましてや、ぼくには将棋以外に得意なこともなかったから、負けが込むと、自分の存在が全否定されたようなショックを受けました。そのことを頭の隅に置いて、このあとの話を聞いてください」

小倉先生はそう言って、プロ棋士を目ざして将棋に夢中になっていた小中学生のころのことを語りだした。

7

小3の4月に転校してきた友だちがきっかけで将棋を始めた小倉祐也少年は、我流ながらみるみる腕をあげて、「浦和将棋センター」に通うようになった。

アマチュア日本一に何度も輝いた方が主催する首都圏有数の将棋道場には、プロ棋士を志す精鋭ばかりが集まっている。小学校の低学年でアマ二段、三段はあたりまえ。なかには小学生名人戦の埼玉県代表までいるなかで揉まれて、小5の10月にアマ三段に昇段したところで、祐也は研修会に入った。

研修会は、奨励会と同じく、日本将棋連盟公認の養成機関だ。奨励会入りを目ざす少年少女が集まり、新宿区千駄ヶ谷にある日本将棋連盟4階の大広間で、毎月第2と第4日曜日に対局をおこなう。午前中に2局、昼食をはさみ、午後にも2局戦う。

棋力によってクラス分けがされていて、一番下がF2。成績により、F1、E2、E1とあがってゆく。負けが込めば、下のクラスに落ちる。A2、A1の上にSクラスがあり、B1クラスが奨励会試験合格の目安とされている。試験は毎年8月中旬におこなわれる。

入会時の対局により、祐也はD2クラスに配属された。その後、D1からC2にあがったものの、そこがピークで、奨励会試験にも2年続けて落ちたことで将棋に対する自信を喪失した。

中学校の授業にも集中できなくなり、学校の成績も落ちる一方。見かねた父親から研修会を退会するようにうながされたのが、中学1年生の12月だった。

「その日のことは、ありありとおぼえています。C2からD1に落ちたあとも負けが込み、D2に落ちる瀬戸際まできていて、午前中に2連敗したことで気持ちが折れてしまいました。まだ携帯電話を持たされていなかったので、日本将棋連盟のそばにある神社の公衆電話ボックスから父に電話をかけているあいだに泣きくずれてしまいましてね。それなのに、なぜか、お昼のお弁当は全部食べられました。でも、午後も2連敗。そうしたら、心配した父親が迎えにきてくれていたんです」

はっきりした声で話していた小倉先生が不意にことばを切って、正彦は先生が泣いているのではないかと心配になった。

「だいじょうぶだよ、正彦くん。あの日から10年以上がすぎて、ぼくも少しは強くなったんだ」

そう答えた小倉先生だが、「本当に限界で、あやうく将棋を嫌いになるところでした」と続けた声は消え入りそうだった。

「連盟の建物から千駄ヶ谷駅に向かう道を父と並んで歩いたんですが、途中で足を止めた父が、自分が将棋を知らないものだから、息子がおちいっている窮状がどういうものなのか理解できていなかった。ひとりで苦しませて申しわけなかったとあやまってくれましてね。父が悪いわけがないんですが、プロ棋士を目ざすのはあきらめて、将棋部のある高校に進んで、自分なりの将棋の楽しみ方を見つければいいと言われて、踏んぎりがついたんです。それでも家に帰って夕飯を食べたあとに、自分の部屋でひとりになって、もうプロ棋士にはなれないんだと思ったら、涙が止まらなくなりました」

掛け布団をかぶって泣いているうちに眠ってしまった祐也は夜中に目をさました。そして、その日の4局を初手から思い返したところ、どれも負けたわけだが、そこまで悪い将棋ではなかったことがわかった。

4局とも、序盤から中盤の入り口まではそこそこ指せているのに、あせりから悪手を指して、みずから形勢を悪くしていたのだ。

「そのときに、優秀な兄に対する引け目から、無理に無理を重ねて、自分で自分を苦しめていたんだと、ようやく認めることができました。もうひとつ、プロ棋士にはなれなかったけれど、それでも将棋が好きだということも、よくわかったんです。ものすごく強くはなれなくても、一生をかけて将棋をしていきたいと本気で思いました。うそ偽りのない気持ちっていうのは、いいものですよね。何年経っても、すり減ることがありません」

そこで口をつぐんだ小倉先生がお茶をすすった。

「桃子さん、ここまでは前振りで、このあと、先ほどの質問に答えていきますからね」

もう一度お茶をすすってから、小倉先生は続きを話しだした。

これほどのつらい目にあっても、将棋が好きだということが確認できたので、祐也少年はひとまず将棋を休むことにした。すると気持ちもおちつき、学校の成績ももとに戻ってきた中学2年生のある日、下校途中に白杖をついて歩いている男性を見かけた。30歳くらいの小柄な方で、ひとりで歩道を歩いているが、どことなく不安そうだ。

「あの、お手伝いしましょうか？」と声をかけたのは、小学4年生のときに、学校の体育館で視覚障がい者の講演を聞いたことがあったからだ。

講演と講習のあと、祐也はアイマスクをつけた同級生を補助したり、自分でもアイマスクをつけて、点字ブロックを頼りに小学校の周囲を歩いた。歩行者信号が青になっているとわかっていても、横断歩道を渡るのはとてもこわかった。

「ぼくは小倉祐也といいます。中学校からの下校途中ですが、よろしければ、目的地まで、ご一緒します」

「ありがとうございます。お願いします」

そう言われて、かつて講習で教わったとおりに、相手の左側に立ち、右ひじを突きだす。男性がそこに左手をそえて、右手で白杖をついて歩くのを市民文化会館まで送りなから、祐也は前年5月の新宿将棋センターでの出来事を思いだした。

新宿将棋センターは、JR新宿駅からほど近い、線路沿いのビルディングの6階にある。御徒町《おかちまち》の将棋センターとともに、首都圏の将棋好きが集う聖地だ。プロ棋士たちが、奥の一角で研究会をしていることもある。

「小倉くん。つぎの対局だけど、視覚障がい者の方、つまり目の見えないひとと指してもらってもいいかな」

土曜日の午前中に、受付カウンターで席主のおじさんから言われたとき、「はい、わかりました」と中学1年生の祐也は即答した。

「あれ、まえにも、谷《たに》さんと手合いをつけたこと、あったっけ」

「いいえ」

小さく首を振りながら、「こういうところが、おれはダメなんだ」と祐也は胸のうちで自嘲した。

(強くなるためには、ひとを平気で蹴落とすような非情な気がまえにならなくちゃいけない。親切に、目の見えないひとの相手をしている場合じゃないんだ)

そんなタイプでないと知りつつ、祐也は自分に言い聞かせた。

母は春日部市の小学校教諭で、祐也が通っていた小学校にも知り合いの先生方がたくさんいた。おまけに、六つちがいの兄・秀也が県立高校では学力日本一と謳《うた》われる浦和高校に進んだ優等生だったため、弟である祐也にも、先生たちは、いろいろの意味で期待の目を向けてきた。

　小学生の6年間、祐也のいるクラスには、特別支援学級の生徒が誰かしら通級指導で来ていた。視覚障がいではなく、知的障がいや情緒障がいで、しかも決まって祐也のいる班になる。おかげで、遠足でも、運動会でも、その子たちに気をつかってばかりで、ハメを外して楽しめたことがなかった。

　小6の運動会での組体操が、パートナーである特別支援学級の子のせいで失敗ばかりに終わったとき、祐也は帰宅後、母に向かって泣きながら訴えた。

「どうして、先生たちは、おれにばっかり、あいつらを押しつけてくるんだよ。おれだって、リレーで勝ちたいよ、組体操で、ちゃんと成功したいよ。でも、あいつらのせいで、こっちがいくらがんばっても、リレーは、練習でも本番でも、負けてばっかり。組体操でも、みんながポーズを決めて、拍手をもらっているときに、おれはしゃがんでばっかりだったんだぞ。おかあさんだって、見てただろ」

　文句を言ってもしかたがないのはわかっていたが、祐也はたまりにたまった鬱憤をぶちまけずにはいられなかった。

　母は息子をたしなめようとせず、黙って夕飯のしたくを始めた。祐也がお風呂に入っているあいだに父が帰ってきた。父はそのころ教務主任といった管理職に就いていて、平日の帰宅は午後10時すぎ。土日も出勤することが多かった。

両親の会話が耳に入らないように、祐也は音を大きく立てて髪やからだを洗った。食事のあいだも口はきかず、どんどん食べたあとは自分の部屋でネット将棋をした。いつになく、強引な急戦をしかけたり、イヤミな手を連発する将棋で5連勝もしてレーティングはあがったが、気持ちは晴れなかった。翌日の研修会での対局も1勝3敗と負け越した。

中学校にも特別支援学級はあった。ただし小学校のときより交流は希薄で、クラスで一緒に授業を受けることもない。廊下や校庭で姿を見かけることもほとんどない。祐也は自分たちが学ぶ中学校に特別支援学級があることを意識しなくなっていた。

その日はゴールデンウィーク後の土曜日で、3ヵ月後の8月半ばに受ける2度目の奨励会試験に向けて、実力のある相手を求めて新宿将棋センターまで来たのだ。

もっとも1局目はアマ五段の大学生に負かされた。角換わりの力戦になり、一時は優勢になったが、終盤でこちらに甘い手があり、逆転負けをくらった。初めて対局したひとだったが親切で、感想戦をとても丁寧にしてくれた。

(調子は悪くない。しっかり指して、あしたの研修会では4戦4勝してやる)

そうした意気込みでいたときに、祐也は目の見えないひととの対局を求められたのだ。つきそいのご家族とともに、あと十分くらいで来るという。

「こういう特別な駒で対局するんだよ」

特別な駒と言われて、一瞬、タイトル戦の大盤解説で使うような、すごく大きな駒を使うのかと思ったが、席主さんが持ってきたのは、ふつうのサイズの木製の彫り駒だった。

ただし五角形の手前の面の右側に小さな鋲で点字が付いている。盤も、タテ横の罫線上に枠がついた特別製だった。

「ご存じのように、うちは対局時計はなし。持ち時間も決まっていないけれど、駒をさわって局面を確認するぶん、ふつうのひとよりも一手一手に時間がかかるから、よろしくね」

そう頼まれて、ほかにも視覚障がい者と対局するさいのルールを教えられた。

双方が指し手の符号を言って対局するのだが、もしも相手の指し手と、こちらに告げた符号がちがっていた場合は、そのことを指摘してあげる。

「王手放置」による反則負けをふせぐために、王手も相手に告げるが、その場合も、相手の指し手が王手になっていなかったら、そのことを指摘してあげる。

（いくら目が見えないからって、甘いよなあ。プロの公式戦はもちろん、おれたちの研修会だって、二歩をはじめとする反則をして、それを指摘されたら、即座に負けなんだぜ）

柄にもなく、いじわるなことを思いながら、目をつむって駒に付された点字をさわっているうちに、祐也はこの状態で将棋を指すのがいかに難しいかを想像して、つけあがっていた気持ちがあらたまった。

（一局指しきるのもたいへんだろうけど、そもそも、どうやって将棋をおぼえたんだよ）

動揺した祐也は席を立って受付にゆき、これから来るひとの棋力を聞いた。

「谷《たに》さんは1級だから、三段の小倉くんには物足りないだろうけど、よろしくお願いします」

お世話になっている席主さんに頼まれて、「わかりました」と応じながらも、祐也は動揺がおさまらなかった。

（目が見えないのに、どうやって1級になったんだよ。1級って、誰でもなれるもんじゃないんだぞ）

祐也が将棋をおぼえたのは、小3の4月に転校してきた米村《よねむら》くんのおかげだった。米村くんが布製の盤とプラスチック製の駒を学校に持ってきて、休み時間に対局するうちに、将棋のおもしろさに目ざめたのだ。

もっとも米村くんは棒銀一本槍《いっぽんやり》だった。初対戦では祐也を簡単に負かしたが、次の対局では、小学校の図書室にあった将棋の本で中飛車をおぼえた祐也に負かされた。

その後、米村くんも発奮して、いろいろな戦法をおぼえてきたが、急速に力をつけた祐也には通用しなかった。

（米村くんは6級か7級くらいで、それ以上は強くならなかったからな）

そんなことを思っていると、「すみません、谷です」と女性の声がして、続けて入ってきた男性は40代半ばくらいだった。

ふつうに目を開けていて、黒目も見える。一見すると健常者のようだが、右手に白杖をついているし、椅子にすわるときは手さぐりだった。

「小倉祐也といいます。中学1年生です」

祐也は礼儀正しくあいさつをして、「よろしくお願いします」と頭をさげた。

「谷です。よろしくお願いします」

そうして始まった対局は、振り駒で先手になった谷さんが右四間飛車＋銀冠にかまえた。2筋の飛車を4筋に動かし、玉頭を銀で守る。対する祐也は居飛車で応じる戦型になった。

右四間飛車はアマチュアに人気の戦法で、終始自分のペースで攻められる。しかし1級の谷さんに、三段の祐也をおびやかすほどの鋭い攻めはなく、的確に応じているうちに先手の攻めが切れた。

（大したことなかったな。あとは切れ味するどく相手玉をしとめるだけだ）

そう思いながらも祐也は、目が見えず、手さぐりで駒をさわるだけで、これだけの将棋を指す谷さんに畏敬の念をおぼえずにはいられなかった。

思い返せば、プロ棋士を志して、浦和将棋センターや研修会の例会で自分よりも強い相手と戦うようになってからは、将棋の内容よりも、勝つことが第一になった。とくに研修会で思うように勝てなくなってからは、相手の見落としやポカを祈ることさえあった。

しかし、谷さんとの一局では、両手で盤面をさわりながら戦う相手の健闘を讃える気持ちのほうが強かった。

「負けました」

谷さんが投了したあとも、祐也から話を向けて、15分ほど感想戦をした。

「本当は、もう1、2局指していきたいんですが、家族と買い物をすることになっていまして。きょうは、ありがとうございました」

そう言った谷さんが椅子から立つと、奥のパイプ椅子にすわっていた奥さんも立ち、ふたりは寄りそって帰っていった。

その日、祐也は好調で、1局目に負けただけで、5勝1敗と大きく勝ち越した。翌日の研修会では初めて4連勝を達成して、C2クラスに昇級することができた。

しかし勢いは続かず、2週間後の例会では1勝3敗と負け越した。その後も不調が続いたために、谷さんのこともすっかり忘れていた。

「ところが、白杖をついた男性を補助したことで、谷さんのことを、自分でもふしぎなくらい鮮明に思いだしたんです。ただし将棋を休んでいたこともあり、そのときはそれきりになりました」

視覚障がい者についての関心と知識を深めたのは、地元の県立春日部高校に進学してからだ。将棋部顧問の先生に、谷さんのことを話したところ、「全国視覚障害者将棋大会」について、詳しく教えてくれた。高校1年生の祐也は8月に早稲田の戸山《とやま》サンライズで開催された大会を見学して、谷さんと再会した。

谷さんは生まれつきの弱視で、小学4年生のときに失明したそうだ。父親の手ほどきで、おさないときから将棋を指していたおかげで、目が見えなくなったあとも、こうして楽しめているとうれしそうに話してくれた。

その後、大会を運営する事務局の方々と話しているうちに、祐也は視覚障がいのこどもたちに将棋を教えることを一生の仕事にしようと決意したのである。

「こうして話してみると、われながら唐突な決断だった気もしますが、本当なんです。もう少し順序立てて言いますと、その年の参加者は50名ほど、そのうち20名ほどは女性でしたが、児童生徒は、小学生も、中学生も、高校生も、ひとりも参加していなかったんです」

25歳の福岡から参加していた女性が最年少で、事務局の方に聞くと、谷さんもふくめて、参加者のほとんどは常連だという。しかも以前は目が見えていて、そのときに将棋をしたことがあるひとたちばかりだと思う。全員がそうだとまでは言いきれないが、おそらく、ほとんどの方がそうなのではないか。ふたりいた五段の方は、晴眼者だったときに、すでに有段者だったということだ。

「近年は、こどもの将棋離れが進んだために、この大会に新たに参加する若者がいなくて、先細りが心配されるというんですね。そうした実情を聞くうちに、ぼくなら、視覚障がいのこどもたちに、一から将棋を教えられるんじゃないかと思ったんです。そうしたら、もう居ても立ってもいられなくなって、家に帰るなり、自分の考えを父と母に話して、両親が卒業した埼玉大学の教育学部に進むことを決意したんです。教育学部の指導教授には、前代未聞の試みだが、全力でとりくんでみろとはげまされて、ぼくもずいぶん努力したつもりでいますが、正彦くんをはじめとするこどもたちの力があってこそです。おかげで、将棋というボードゲームのすばらしさを日々実感していますし、こうして島根県との縁もできました」

そこまで話した小倉先生が、「桃子さん、なにか質問はありますか」と聞いた。しかし、姉が黙っているので、正彦は「はい」と手をあげた。

「あの、つまり、小倉先生は、大学生や大学院生だったときに、何年間か、埼玉県の盲学校に通うこどもたちに将棋を教えているんですよね」

「うん、そうだよ」

「それじゃあ、埼玉県には、板倉さんや雲井さんやぼくよりも強い、つまり2級よりも上の級位の視覚障がい児がいるんですか？」

姉がなにを思い悩んでいるのかも気になったが、正彦は小倉先生の話を聞いているうちに浮かんだ疑問の答えを知りたくてならなかった。

来年5月から始まる晴眼者たちとの戦いも楽しみだが、視覚障がい児どうしでも、全力をふりしぼる戦いがしたい。

「いるよ。小2の4月から将棋を教えた子が、いま中1で、二段になっている。初段や1級になっている子も何人もいる」

「やったあ。それじゃあ、おれ、いつか、その子たちと戦えるよね。よおし、がんばるぞお。絶対に、いい勝負になるように、もっと、もっと、将棋の勉強をするんだ」

正彦はたぎる気持ちをおさえられなかった。

「今年の4月に、きみたちにプレゼントした将棋ソフトは、内蔵しているコンピューターと対局する機能だけだけれど、あれの最新バージョンには、会員登録したひとたちと、ソフトを介して対局する機能もついているんだ。だから、ぼくは、おもに埼玉県内に住んでいるその子たちと、いまでも毎週のように対局している」

小倉先生の声もはずんでいた。

「すげえ。それじゃあ、その最新バージョンのソフトがあれば、離れてるひとたちとも、いくらでも対局ができるんだ。でも、やっぱり、せっかく対局するなら、おたがい目が見えなくても、盤を挟んで戦いたいなあ。盤上の駒をさわる音や、駒を打つ音で、いろいろわかることもあるんだよね」

「桃子、どうした？」

父の心配そうな声に続いて姉の泣き声が座敷に響いた。小さい子のような手放しの大泣きで、正彦はどうしてこのタイミングで姉が泣くのか、それもこんなにはげしく泣くのか、まるでわからなかった。

8

大晦日《おおみそか》も、元日をふくむ三が日も、そば処大国庵は例年通り店を開けた。

出雲大社の参道・神門通りに面しているため、店の奥に建つ家の座敷にも参拝者たちのにぎわいが伝わり、正彦は今年もお正月気分を味わった。

及川家の初詣は、元日の夕方に、家族そろってお参りに行くのがならいだ。いかにひとが多いかは雑踏でわかる。おさないうちは、父が肩車をしてくれた。目が見えなくても、自分が周囲から一頭抜けた位置にいるのは気分がよくて、正彦は得意だった。

初詣の肩車は盲学校に入ったあとも続いていたが、去年のお正月からは自分で歩くようになった。

それを告げたのは父ではなく、姉だった。

「まあくん。今年の初詣は、お姉ちゃんと手をつないでいこう」

「うん」と元気に答えたのは、姉のことも大好きだったからだ。ただし、もう父に肩車はしてもらえないのかと思い、正彦は少し残念だった。

「おとうさんは肩と腰が痛いんだって」

そう言った姉は、それが若いころに柔道で痛めた古傷であること。どんなスポーツでも、一度けがをしてしまうと、完全には治らないこと。また、痛めたところをかばうために、別のところまで痛めてしまうこと。だから、一番いいのは、どこも、一度もけがをしないことなのだけれど、そういうひとはめったにいないと教えてくれたのだった。

今年の初詣も、正彦は姉と手をつないだ。30日の午後、あんなに泣いたあとだったが、姉はなにごともなかったかのように弟の手をしっかり握った。

「まあくん、ホントに大きくなったよね。135センチあるんでしょ。わたしと5、6センチしかちがわないんだから、春休みに帰ってきたときには、抜かれちゃってるかなあ。そば打ちもじょうずだし、将棋も強くて、すごいよね。わたしもがんばらなくちゃ」

そう話す姉はほがらかだったが、正彦は心配をぬぐえなかった。

大国主大神《おおくにぬしのおおかみ》を祭神として祀る出雲大社では2度の拝礼に続き、拍手を四つ打つのがならいだ。太い注連縄《しめなわ》で有名な拝殿や、その奥に建つ御本殿に向かってだけでなく、どのお社にも、2回おじぎをして、4回手を叩く。

(桃子お姉ちゃんが、なにに、あんなに苦しんでいるのか、ぼくにはわかりませんが、お姉ちゃんが本当に元気になって、柔道でまた大活躍できますように)

自分の願いよりも先に、正彦は神様たちに祈った。そのあとは、将棋についてのお願いをいくつもして、終わりに拝礼をもう一度して、御本殿の正面に建つ八足門《やつあしもん》を離れたのだった。

冬休みも終わりが近づき、正彦は母が運転する車で松江の盲学校に向かった。

小倉先生もいる前で、姉が大泣きしたことについて、ずっと気になってはいたが、姉自身も、父も母も祖母もなにも言わなかった。松江に向かう車のなかでも、母はそのことにふれなかったので、正彦もたずねるわけにいかなかった。

わかっているのは、30日の夕方、小倉先生をJR出雲市駅まで送る車に、姉も乗っていったらしいことだ。

正彦はあの日、家の玄関で小倉先生と握手をして別れたあと、トイレに入った。便座にかけて用を済まし、よく洗った手をしっかりぬぐってから向かった脚付きの盤には、小倉先生との指しかけになった将棋が残っていた。

飛車と左の香車を落とした上手に対して、これまで正彦は守り重視の振り飛車穴熊にしていた。しかし、それでは先生に位取りを許すことになり、と金に銀桂角をからめた攻めで、堅いはずの穴熊があっけなく崩されてしまう。

そこで今回は初心に返って棒銀を採用したところ、思っていた以上に効果があり、中盤まで優勢を築けていた。

さらに左辺からの攻めも見せようとした局面で指しかけになった将棋を初手から並べなおしていると、振り子時計がひとつ鳴った。

(小倉先生が帰ったあとに四つ鳴ったから、いまのひとつは4時半だ。けっこう早く送

っていったんだな）

そう思った正彦は、その理由を考えた。

（おれのいないところで、小倉先生もふくめた4人で話をしているんだ。つまり、お姉ちゃんが泣いたのは、やっぱりおれのせいなんだ。でも、おれのせいで、どうしてお姉ちゃんが、いまさら泣くんだよ。あの事件のことをまだ気にしているにしても、そもそも桃子お姉ちゃんは、なんにも悪くないんだぞ）

胸のうちで抗議した正彦の耳によみがえったのは加藤さんの声だ。

「きみが、出雲大社の神門通りにある、そば処大国庵の長男、及川正彦くんだね。やあ、ようやく会えた」

それは正彦が小学部3年生の4月におこなわれた寄宿舎入舎式でのことだった。

加藤幸夫さんは小学部6年生に編入してきた新入生で、前日木曜日の始業式で、お笑い芸人のマネをした自己紹介でみんなを笑わせた。

その年、寄宿舎に新たに入ってきた小学生は加藤さんだけだったから、ひとりずつあいさつをしているときに、正彦は声をかけられたのだ。

「おれも出雲市の出身でさ。島根大学医学部附属病院の眼科に、ずっとお世話になってきたんだ。おれは先天性の緑内障、牛眼とも呼ばれているやつなんだけど、及川くんは、この病気のことを知ってる？」

「加藤くん。自分のことでも、症状については話題にしないようにって、入学前に言われませんでしたか」

寄宿舎指導員の先生が注意してくれて、そのときはそれで済んだが、加藤さんはしつこかった。

「いつか、ふたりだけで話せないかな。おれ、どうしても、及川くんに言っておきたいことがあるんだよ。それも、なるべく早く」

入舎式の終わりぎわに、正彦の耳元で小声で話した加藤さんは、あした、土曜日の昼食のあとに、ふたりで校庭を散歩しようとさそってきた。

土日の午後、寄宿舎生は体育館でサウンドテーブルテニスやフロアバレーボールをしたり、いろいろな遊具がある特別教育棟2階のプレイルームであそんだりする。

「天気予報は晴れだけど、風はけっこう強いらしい」

そう言って加藤さんは正彦から離れた。

目が見えなくて不便なのは、どこに置いたかわからないものをさがすときだが、ひとを見つけるのも難しい。話したいなら、相手の名前を呼べばいいわけだが、相手に気づかれないように、そのひとをさがすのは、ほぼ不可能といっていい。

もっとも、相手のほうでも、こちらをさがせないわけだから、おあいこではある。

（加藤さんから、うまく逃げられないかな。でも、逃げたと思われて、問いつめられるのも面倒だよな。それなら、さっさと話を聞いちゃうか。おれになにを言いたいのか知らないけど、どうせ、うちのおそばがおいしかったとか、その程度の話さ)

開きなおった正彦は、翌日の昼食を加藤さんと並んで食べた。ミートボールが入ったケチャップ味のスパゲティで、とてもおいしかった。デザートのりんごもおいしかった。

「おれは、もう食べ終わった」

加藤さんがささやくような声で言った。

「ぼくもです」

正彦も同じくらいの声で応じた。

「それじゃあ、及川くんが先に出て、途中で待っていてくれないか。体育館の裏がいいと思うんだけど、おれはまだこの学校に不慣れだから、及川くんが案内してくれよ」

「校庭に出るには、靴をはき替えなくちゃいけないし、ふたりで外を歩いていると、目立つと思うんで、教育棟1階の、工技準備室の手前の階段じゃダメですか。あそこなら、体育館や、プレイルームに行くひとたちにも気づかれないと思うんで」

「きみが言うなら、そうしよう。5分もあれば終わる話だから。いや、もうちょっとかかるかな」

「ぼくは小学部の教室の向かいにある流し台で待っています」

「ああ、あそこか。わかった」

あとから思えば、小声で話すようすが寄宿舎指導員の先生方の注意を引いていたのだろう。しかし正彦も加藤さんも他人の視線に気づけるはずがなかった。

食器をかたづけた正彦は先にひとりで食堂を出た。居室とは反対の方向に廊下を歩き、寄宿舎棟から教室のある教育棟に入る。

盲学校の建物内は、廊下や階段の要所に点字ブロックが設置されている。壁には手すりがついている。正彦はもう3年目なので、右手に白杖を持ってはいても、いちいち点字ブロックをさぐりはしなかった。

教室はすべて進行方向左側にあり、手前が幼稚部の教室、そこをすぎると、道路でいえば交差点にあたる場所があって、手前の床面に点字ブロックが設置されている。左に曲がれば教育棟の2階に続く階段。右に曲がれば管理棟の2階とを結ぶ渡り廊下だ。

島根県立しまね盲学校は丘陵の斜面にあり、管理棟の2階と教育棟の1階が2本の渡り廊下で結ばれている。教育棟と寄宿舎棟は同じ高さにある。

教育棟1階のひとつめの交差点を通りすぎて、小学部の教室の向かいにある流し台まできたところで正彦は足を止めた。

その先には、二つめの交差点がある。ひとつめの交差点と同じく、左に曲がれば教育棟の2階に続く階段。右に曲がれば、管理棟の2階とを結ぶ渡り廊下だ。廊下をそのまま奥に歩けば工技準備室と工作技術室があり、体育館と特別教育棟にもつながっている。

壁に寄りかかった正彦が耳をこらしていると、少しして、白杖をついたひとが廊下を歩いてくるのがわかった。ひとつめの交差点の手前で立ち止まり、白杖の先で点字ブロックを確認してから、ゆっくりこちらに歩いてくる。

「及川くん、どこだ」

加藤さんがいかにも不安そうな声で聞いた。

「ここです」

「ああ、よかった。すぐに追いかけると、先生たちに疑われそうだから、あのあと、少し食堂にいたんだ。及川くんは、白杖をついていないのか」

その問いには答えず、「じゃあ、行きましょう」と正彦は言った。

(それにしても、こうまでして、おれになにを話そうとしているんだろう。ひょっとして、聞かないほうがいいことなのかもしれないぞ)

この期《ご》におよんで不安におそわれたが、ここで逃げてもあとが面倒になるだけだと思い、正彦は二つめの交差点の手前まで足を進めた。

「ここです。左側が階段になっていて、右側は管理棟の2階とを結んでいる渡り廊下です。管理棟は1階が職員室や校長室、2階は高等部の生徒たちの実習室などがあります。階段をのぼった教育棟の2階には、書庫や音楽室があります。この廊下を通って体育館やプレイルームに行くひとたちに気づかれないように、階段の上のほうにすわって話しましょう」

「なるほど、それがいい。おれだって、この学校に入って早々、先生たちに目をつけられたくないからな。それにしても、おまえ、けっこう大胆で、頭がキレるんだな。小3になったばかりのくせに」

そう言った加藤さんが白杖を細かくつきながら階段をのぼっていく。

「さっき食堂でしていたみたいに、並んですわろうぜ。そのほうが、大きい声をださずにすむからな。おれは、階段の下を向いて左側にすわる。及川は右にすわれよ」

さっきまでは「及川くん」だったのが、「おまえ」や「及川」と呼び捨てにされて、正彦は警戒心を強めた。

しかも、おびえた気持ちを読まれた。

「そうこわがるなよ。それに、これから話すことのうち、おまえや、おまえの家族に関することは、おまえだって、とっくに知ってることなんだからな。おれはただ、おれがそれを知ってしまったっていうことを、おまえに伝えたいだけなんだ。そうじゃないと、フェアじゃないからな。そして、おれはおまえに、おれの病気について話す。そうすれば貸し借りはなしになる。誰かに言われたから、こんなことをするんじゃない。ただ、おれたちは、目が見えないものどうし、仲間でいるべきだと思うんだ。学校や寄宿舎では先輩後輩であるにしても、目が見えない苦しさ、悲しさ、悔しさを本当に理解できるものどうしとして、協力し合っていくほうがいいじゃないか」

加藤さんはさらに自分がどうしてそういう考えに至ったかを語った。

「おれたちは、目が見えているひとたちが絶対に知ることがないつらさ、おそろしさを知っているからさ。いつか、自分は目が見えなくなる。それ以上におそろしいことは、この世にないと、おれは思っている。おまえは生まれつき目が見えないそうだけど、まわりのひとたちはみんな見えているのに、自分だけが見えない。しかも、おれなんかとちがって、一度も目が見えたことがないっていうのは、本当につらいと思うんだ。なあ、そうだろう」

同意を求められたが、正彦は返事に困った。

たしかに自分は一度も目が見えたことはない。それどころか、光を感じたことさえない。でも、日の光のあたたかさは知っている。晴れた日なら、お日さまが空のどのあたりにいるのかは、おおよそわかる。

4月の日差しは、3月より強くて、顔に浴びているとわくわくしてくる。鳥たちの鳴き声も明るい。風も、冬とはぜんぜんちがう。雨粒だって、冷たくはなくて、雨音もはずんでいる。

目が見えなくても、年を追うごとに、からだは大きくなるし、できることも増えていく。たとえば正彦は盲学校に入ってほどなくブランコの立ちこぎができるようになった。それは、ものすごい喜びだった。風を切るとは、まさにこのことだと思った。顔に風が当たるだけでは満足できず、大きく開けた口でも風をいっぱい受けた。

立ちこぎからすわりこぎにかえてビュンビュンゆらし、また立ちこぎにして、両足に力を込める。

「いいぞ。どんどんこいじゃえ。ただし、手は絶対に離さないでね」

先生につきそわれて、正彦はへとへとになるまでブランコをこいだ。

その日の放課後、正彦は母に電話をして、ブランコの立ちこぎができたことを息せき切って話した。

小2の6月には、体育祭の徒競走で30メートルを走りきった。そのときは父も母も姉も祖母も大感激してくれた。ただし、ゴール後の正彦は心臓がドキドキして、一緒には大喜びできなかったが、とてもうれしかった。

もちろん、国語、算数、社会、理科の勉強も大好きだ。悟、和美、勇気も、まじめに授業を受けている。

ふつうの学校では、勉強がきらいな子のほうが多いらしいが、それはほかにしたいことがあるからだろう。一方、目が見えない自分たちにとって、先生たちがわかりやすく教えてくれる授業ほどありがたいものはなかった。

正彦が黙っていると、「そうだよな。やっぱり悔しいよな」と加藤さんが勝手に納得した。

「おれは本気でこわかった。死ぬほうがましだとさえ思った。あんなにたくさん集めたポケモンカードが、もう二度と見られなくなるのもいやだった。ただし、いまはじっさいに目が見えなくなってしまったことで、失明に対する恐怖心はなくなった。でも、願いがかなうなら、また目が見えるようになりたいとは思っている。ポケモンカードをまた見たいし、ポケモンGOだって、またやりたいからな。おれは、こんなことを話すのは、おまえが初めてなんだ。だって、お医者さんや、看護師さんや、カウンセラーさんや、家族に言ったって、目が見えているあのひとたちに、おれの気持ちは、本当にはわかってもらえないんだからな。どんなに同情してくれたって、おれの目が見えるようにはならないんだ」

加藤さんがわずらった先天性の緑内障は眼圧が高いためにひきおこされる。圧迫された視神経が委縮して、視覚にさまざまな異常がおきる。また、高い眼圧によって黒目が大きくなるために「牛眼」とも称されていて、加藤さん自身もその目をおぼえているという。

眼球が破裂する危険もあり、それを防御するための特別な眼鏡をかけて、出雲市内の小学校に通っていた。さいわい眼球の破裂はまぬがれたが、治療の甲斐なく、じょじょに視力が落ちてゆき、昨年の夏に失明した。

加藤さんはその前から学校を休みがちになり、家にこもることが続いた。死のうとさえ思っていたときに、おかあさんの知り合いから、出雲大社の参道にある、そば処大国庵の長男は生まれつきの全盲だと聞いた。

その子は小学1年生から松江の盲学校に入り、寄宿舎で暮らしながら元気にやっているそうだと教えられた加藤さんは一縷《いちる》の望みを抱いたのだという。

「そのひとが、おれもいる部屋で話したんだ。きみのお姉さんが、おじいさんとおばあさんと出雲大社を散歩をしているときに、ひとさらいにあった。犯人たちは、数時間後に警察に捕まって、きみのお姉さんも無事に保護されたけれど、きみのおかあさんはショックで体調を崩してしまい、1000グラムに満たない体重で生まれたきみは未熟児網膜症になった。新聞やテレビが事件を大きく報じたし、そば処大国庵は有名なお店だから、出雲のひとたちは、口にはださなくても、みんな、その事件と、きみが全盲になった事情を知っているらしい。もちろん、おれの両親も知っていたけれど、自分たちからは、目が悪い息子に教えられなかったそうなんだ」

加藤さんの話は正彦の耳に入っていた。しかし、初めて知ることばかりで、頭も気持ちもついていかなかった。

「きみだって知っていることを、わざわざおれに言われて、いやな気持になったなら、あやまるよ。でも、おれは、この学校に入ることを決心させたきみに、こういういきさつを話して、自分の病気についても話したい。話さなくちゃいけないと思ったんだ。そのひとがどういう原因で目が見えなくなったのかを知っている相手になら、自分の苦しさをうちあけられると思ったんだよ」

「あっ、いた。おい、そこでなにを話してるんだ」

男の先生に見つかって、正彦はからだが固まった。

「待て。走ったら、あぶないぞ。ほら、言わんこっちゃない」

そこで記憶が途切れているのは、怒られると思った正彦が大泣きをしたからだ。

次におぼえている場面で、正彦は管理棟1階の応接室にいた。校長室の隣にある部屋で、入学前にも1度入っている。テーブルと革張りのソファがあり、テーブルの上の紙パックのりんごジュースにはストローが刺さっている。

正彦のほかにいるのは、新任の水尾珠子校長だけだ。面白い先生で、ソファから立たせた正彦の背中に指でひらがなを書いてきた。その字がなにかを当てるあそびで、正彦も校長先生の背中に指で字を書いた。

「ひらがなじゃなくてもいいわよ。何文字でもいいけど、『バカ』とか、『アホ』とかはダメよ」

そう言われた正彦が「サンライズ出雲号」と書いていくと、「ラ」の途中で、くすぐったくなった校長先生が笑いだした。

それなのに答えを当てられて、そのあと正彦が去年の夏に家族4人で寝台特急に乗り、埼玉県の父の実家を訪ねた話をしていると内線電話が鳴った。

「わかりました。こちらからかけなおしますと、お伝えしてください」

そう応じて受話器を置いた校長先生が「及川正彦くん」と呼んだ。

「これから、きみのご両親と電話でお話をするの。まずは校長先生が話すから、きみはまたソファにすわって、静かに聞いていてください。りんごジュースを飲んでもいいけれど、トイレに行きたくなったら、自分で行ってください」

「はい」と答えた正彦は大きなソファにすわった。大人用なので、どうしても足がぶらぶらしてしまう。

電話がつながったようで、校長先生が話しだした。

「わたくし、4月に着任しました校長の水尾です。及川さんとは、3年前の6月に教頭としてお話をさせていただいております」

校長先生と両親の話は長かったので、正彦は途中で眠ってしまった。そして目をさましたあと、こんどの木曜日に両親が松江まで来ると知らされた。

父と母と校長先生、それにスクールカウンセラーの先生も加わった話し合いでまずおどろいたのは、校長先生が正彦たち親子にあやまったことだ。

「今回のことの責任はすべて、校長であるわたくしにあります。島根県教育委員会にはすでに報告し、厳正な処分を受けるつもりでおります。まことに申しわけありませんでした」

あんまりしっかりあやまられたせいか、正彦の両側にすわった両親は返事ができずにいる。

「正彦くんは、今回のことについて、校長先生に言いたいことや、聞きたいことがありますか。もしくは、ご両親に」

スクールカウンセラーの先生にやさしく聞かれて、正彦は答えた。

「言いたいことも、聞きたいことも、ありません。でも、桃子お姉ちゃんのことは、あのあとずっと心配していて、それは、お姉ちゃんがひとさらいにあったことをぼくが知ってしまって、お姉ちゃんが悲しくなったんじゃないかって思うからです」

「桃子はだいじょうぶよ」と答えたのは、正彦の右側にすわっている母だ。正彦の左には父がすわっている。

「それなら、よかった。おれ、きょうになれば、おとうさんとおかあさんに会えるから、それまでは、なるべく、加藤さんが言ったことを考えないようにしていたんだよね。でも、お姉ちゃんのことは心配で。でも、それを電話で言うのも、お姉ちゃんに悪いっていうか」

正彦はそこで口をつぐみ、気持ちをおちつかせるために、きょうもだしてくれたリンゴジュースを飲んだ。

「では、ここからは、わたくし水尾が、ご両親からうかがっていることを、ご両親に代わって、正彦くんに説明します」

おだやかだが、威厳のある声で校長先生が言った。水尾校長も心理療法士の資格を持っており、カウンセリングではよくおこなわれているやり方なのだという。

「正彦くんのお姉さんの桃子さんは、幼稚園の年長組のときに、自分がつれさられた事件についての、友だちどうしの話が耳に入り、かすかに残っていた、その数日の記憶がよみがえったそうです。自分がパトカーに乗っていたこと。おかあさんが救急車で運ばれて、その後、何日間か入院していたこと。生まれたての正彦くんが保育器のなかにいたことを、いずれも断片的におぼえていたので、友だちがしていた話は本当なのだと思い、家に帰ってから、ご両親にたずねたそうです」

姉は後日、島根大学医学部附属病院でカウンセリングを受けた。事件について、姉自身にはなんの落ち度もないこと。これまでかわいがってきた弟さんと、これまでどおりにかかわっていけばいいとさとされたおかげで、姉に目立った変調はあらわれなかったと聞き、正彦はホッと息をついた。

ところが、校長先生の話はそこで終わらなかった。

「桃子さんがつれさられた事件について、一番責任を感じていたのは、2年前に亡くなられたおじいさまだそうです」

「えっ」

思わず声をだした正彦の右手を母が握ってきた。

「まあくん、だいじょうぶ?」

「だいじょうぶ」と答えて、正彦は母の手を握り返した。

姉の姿が見えなくなったのは、祖父母と3人で出雲大社の神苑を散歩していた午後4時すぎだった。その日も参拝者は多かったが、勝手知ったる場所とあって、姉はひとりで好きに歩いては、かけ足で祖父母のもとに戻ってくることを繰り返した。

松の参道の鳥居まで来たところで祖母がトイレに行きたくなり、祖父と姉がふたりで待っていたときに、祖父は知り合いから声をかけられた。向こうも飲食店を営んでおり、もろもろの相談に乗っているうちに、気がつくと姉がいない。

「桃子」

いつにない不安におそわれた祖父が大きな声で呼んだが、姉の姿はなかった。

「桃ちゃん、桃ちゃん」

戻ってきた祖母はうろたえてしまい、まわりにいたひとたちも心配して、みなさんでさがしてくれたが、姉はどこにもいない。

はぐれて泣きじゃくり、気づいたひとが交番につれていったのではないか。賢い子だから、自分でうちに帰ったにちがいない。

携帯電話を所持していなかった祖父母はそう祈りながら小走りで自宅に戻ったが、姉は帰っていなかった。交番でも迷子はあずかっていないというので、両親と祖父母の心配は頂点に達した。

警察は迅速だった。目撃者がいないのは、車でつれさられたからではないか。そう推察して、捜索を始めたところ、検問中の高速道路で不審な車を発見。姉は無事に保護されて、容疑者の男女はその場で逮捕された。

しかし、警察からの連絡で安堵《あんど》したのもつかの間、こんどは母が腹痛を訴えて、救急車で運ばれた。

「その後、お医者さまたちの懸命な処置により、正彦くんが誕生しました。しばらくは保育器のなかで育ちましたが、こうしてすくすくと成長しています。おかあさまも無事でおられるわけですが、わたくしが今回、ご一家がおそわれた一連の出来事をうかがって一番感動したのは、おとうさまのご判断です。たいへんなご心配、ご不安のなかで、奥さまをはげまし続けたうえに、打ちひしがれているおじいさまとおばあさまを力づけようと、翌日もお店を開けられたご判断には感服いたしました」

「まだ若かったし、ご覧のとおり、ぼくは体力しかとりえがないものですから。それに、あんな顔のおじいさんとおばあさんを見ていられませんでしたからね。うちのそばをお目当てに遠方から来られる方たちもいるわけで、とにかく、のれんをだしちゃおうと思ったわけです」

テレまくりながらの話を聞きながら、正彦はたくましい父が誇らしかった。

「いまの話は、ぜんぶ、お姉ちゃんにもしてあるの？」

「ああ、桃子に伝えたときも、きょうと同じで、おとうさんとおかあさんもいる部屋で、大学病院のお医者さんとカウンセラーさんがじょうずに話してくれたんだ。こういうことは、当事者が話すよりも、こどもの気持ちに通じた専門家が話したほうがいいんだってさ」

そのあとは加藤さんのことになった。悪意がなかったとしても、他人のプライバシーにみだりに介入してはならないのだと、親御さんも同席した場で、校長先生とスクールカウンセラーさんがきちんと言い聞かせたという。

加藤さんのご両親も、息子の悩みの深さに思いが至っていなかったことを反省していたというので、こちらから言うことはなかった。逃げようとして階段で転んだけがも大したことはないという。

「桃子のときもそうだったように、正彦にも、いつかなにかのかたちで伝わると思っていたものですから、このたびはありがとうございました。わたしたちは、むしろ怪我の功名だと思っておりまして、言わずもがなですが、校長先生を責める気持ちは微塵《みじん》もありませんと、教育委員会の方々にお伝えください」

ソファから立ちあがった父がお礼を言った。

「おいそがしいなか、もろもろのご配慮に感謝いたします」

母も立ってあいさつをした。

「ぼくも立ってお礼をいったほうがいいのかなあ」

正彦がつぶやくと大人たちが一斉に笑い、その日の話し合いは終わりになったのだった。

その後、加藤さんが正彦に話しかけてくることはなかった。悩みがふっきれたのか、お調子者ぶりを存分に発揮して、イベントのたびに場をもりあげている。ふだんの食事でもおしゃべりが止まらず、寄宿舎指導員の先生によく注意されていた。

それはそれでかまわなかったが、正彦は加藤さんとふたりで階段にすわっていたときの緊張を思いだし、腹立たしくなることもあった。

また、しばらくして、姉を車でつれさった男女についてなにも教えられなかったことにも気づいたが、いまさら父や母に聞くのも変だと思い、そちらは完全に忘れることにした。

そうした経験があったため、今回の姉の大泣きについても小倉先生が適切に対応してくれているはずだと、正彦は思っていた。

じっさい、午後7時すぎに両親とともに帰ってきた姉はおちつきをとり戻していた。そして大晦日にもお店を手伝い、元日の初詣のときも元気だったので、残りの冬休みのあいだ、正彦は安心して将棋の勉強をすることができた。

ところが、家族と離れて、盲学校の寄宿舎に戻ると、正彦はまた心配になってきた。姉にはやはり、全盲の弟のことで思い悩み続けていることがあるのだ。しかも、その悩みは、正彦が将棋をすることでさらに深まったのだ。そうでなければ、あのタイミングで、あんなふうに泣きだすはずがない。

小倉先生のアドバイスでいったんはおさまったかもしれないが、そのうちに悩みがぶり返すのではないだろうか。

（やっぱり、松江まで送ってもらう車のなかで、おかあさんに、お姉ちゃんがなにに悩んでいるのかをちゃんと聞いておけばよかった）

寄宿舎の部屋で詰め将棋や棋譜並べをしながら、正彦はたびたび手を止めた。

暮れの30日には、小倉先生が将棋を教えた、自分よりも級位が上の視覚障がい児たちと対局したいと闘志を沸き立たせた。しかし、いまは姉のことが気になって、とても将棋どころではなかった。

（ダメだ、ダメだ。こんなことじゃ、初段はおろか、1級にだってなれないぞ）

いくら自分を叱咤《しった》しても、姉への心配は正彦の頭を去らなかった。

9

「おい、正彦。それ二歩だぞ」

悟に指摘されて、しまったと思ったが、もうおそい。

5手前に、後手番である自陣の6一に底歩《そこふ》を打ったのに、うっかりして6七に歩を垂らしてしまったのだ。

おそるおそる盤面をさわると、6筋に向こうに先を向けた歩が2枚ある。

「負けました」

クラスメイトとの対局であやまるのは初めてだった。

「やったあ。おれ、正彦に勝った。6級のおれが、2級の正彦に勝った」

興奮して大喜びする悟を小倉先生が注意した。

「悟くん。いくらうれしくても、まずは、『ありがとうございました』を言わなくちゃだめだよ。勝ったときこそ、礼儀を尽くさなくちゃ」

「ありがとうございました。すげえ、おれ、正彦に勝っちゃった。二歩でも、勝ちは勝ちだよな。なあ、勇気、そうだろ」

同意を求められた勇気が、「ちょっと、盤面をさわってもいい」と聞いて、「いいぜ。

おれ、きょう、すげえいい調子で攻めてたんだ」と応じた悟が椅子から立った。

「ホントだ。これまでにない接戦じゃん。正彦が、おれたちを相手に底歩を打ったことなんてないもんなあ」

「わたしたちだって、よっぽど追い込まれていないと、二歩なんてしないもんね」と和美も話に加わってきた。

「ねえ、悟。あんた、冬休み中に新しい戦法をおぼえてきたんじゃない。最近、若手のプロ棋士が、AIで研究した新戦法を仕込んできて、トップ棋士を一方的に倒すことがよくあるみたいだって、うちのおとうさんが言ってたよ」

和美の父親はIT企業につとめていて、以前から棋士のAI活用に関心があったそうだ。そこに娘が将棋をおぼえだしたので、会話がはずむと喜んでいる。ただし、ネット中継で対局を見るのが専門の「見る将」で、腕前はからっきし。お正月には、和美に全部の駒をとられて負けたという。

「ちげえよ。おれは、小倉先生が繰り返し言っているように、毎日詰め将棋を解いて、棋譜並べをしていただけだよ。そうしたら、きょうの正彦の指し手は、これまでにくらべて少しゆるい気がしたから、思いきって攻めてみたんだよ」

新年最初の特別活動で、1局目でも正彦はポカをしていた。暮れの30日に採用した棒銀を再び採用して、あと一歩で小倉先生を倒せそうなところまでいったのに、簡単な3

手詰めを見落としたうえに、玉の逃げ場所をまちがえる頓死負けを喫したのだ。

そのショックもあり、悟との対局に気持ちが入っていなかった。

「来週の火曜日は、わたしが正彦と対局する」

和美が名乗りをあげると、勇気も続いた。

「じゃあ、来週の特活は、正彦は小倉先生との対局はナシにして、和美とおれと対局してくれよ」

「おいおい、そういじめるなよ。きみたち3人だって、これまでさんざんポカをしてきたじゃないか。それに、プロ棋士だって、ポカや、頓死をしたことのないひとはひとりもいないと言っていいくらいなんだぞ」

かばわれるとかえってつらくなり、正彦はうなだれた。

その日の午後7時、正彦は迎えにきてくれた小倉先生とともに校長室に向かった。

「こんばんは」

水尾校長先生はきょうも明るい声で迎えてくれた。

「夕飯の鶏のから揚げ、おいしかったわねえ。たっぷりのタルタルソースが最高だったわ」

「校長先生はほぼ毎日、寄宿舎の夕飯を食べているんだ」

小倉先生が補足すると、校長先生が続けた。

「晩ごはんをつくらなくていいから、とっても助かっているの。でもね、本当は毒見役。お昼も夜も、わたしがみんなより少し先に食べてみて、もしもＯ《オー》１５７とかだったら、わたしがおなかをこわすことで、みんなを守るわけ。どう、校長先生も、ちょっとは役に立ってるでしょ」

　水尾校長先生がおどけて、小倉先生が笑った。

そのあと３人で応接室に移り、正彦は進められてひとり掛けのソファにすわった。

「前回は、正彦くんが小学部３年生の４月だったから、ほぼ３年前になるわけね。あのときは、本当にごめんなさい。それにしても、あなたは大きくなったわね。ぶらぶらさせていた足がジュウタンにしっかりついて。おとうさんは１７５センチくらいあるんだから、まだまだ伸びるんじゃない。わたしはほら、正彦くんが入学する前の５歳のときから、ご一家のことを知っているから」

　どちらのときのことも小倉先生に話してあるのだと付け足した水尾校長が将棋のことでも正彦をほめた。自分では将棋は指さないが、ご主人がアマ四段なので、棋士の名前はかなり知っている。将棋界の動向にも詳しくて、大阪の関西将棋会館や東京の日本将棋連盟にもご主人と一緒に行ったことがあるという。

「夫は島根大学将棋部のＯＢなの」

「えっ、それじゃあ板倉さんのおとうさんと……」

「そうなのよ。板倉邦典くんは、夫の後輩の息子さん。夫は島根大学教育学部の教授をしていて、その関係もあって、ほぼ毎年、この学校の文化祭を見にきているの。こう言うと心外かもしれないけれど、おとどしも去年も、夫はみんなが将棋をする姿に感動して、目をうるませていたわ。わたしも、特別活動の授業やボードゲームクラブで、あなたたちが駒を指す姿を見るたびに、感激で胸がふるえてしまうの」

そう話す校長先生の声もふるえていた。

「ごめんなさいね。でも、わたしがいま話したことも、昨年末の30日に正彦くんのお姉さん、桃子さんが泣いてしまったことと関係があるのよ」

そう言われても正彦にはチンプンカンプンだった。

「3学期が始まる前の準備登校の日に、大国庵でごちそうになったときのことを校長先生に報告したんだ」

そのなかには、自分が知らない、両親と姉と小倉先生が4人で交わした会話も含まれているのだろうと、正彦は思った。

それから小倉先生は、障がい児のいる家庭において、健常児のきょうだいがおかれる特有の心理について説明した。

まじめな子ほど、健常者である自分が、障がいをもって生まれたきょうだいをサポートしなければならないと思ってしまう。それも一生涯にわたって。

姉の場合はとくにその気持ちが強く、小学1年生から柔道を始めたのも、弟を守るためには心身ともに強くならなければならないと思ったからだという。

「正彦くんは、母性愛ということばを聞いたことがありますか」

校長先生に聞かれて、「ありません」と正彦は正直に答えた。

「人間のこどもは、おかあさんから生まれて、おかあさんのおっぱい、母乳を飲んで育つわよね。つまり、おかあさんと赤ちゃんのかかわりはとても強くて深いから、赤ちゃんはおかあさんをしたうし、おかあさんも赤ちゃんをなによりも大切に思うっていうこと。わが子を思う母親の愛情に勝るものはない」

「でも、ぼくは、おとうさんにも、お姉ちゃんにも、おじいちゃんとおばあちゃんにも、とても大切にされました。盲学校でも、先生たちや、寄宿舎指導員の先生たちに、とても大切にされていると思っています」

正彦が反射的に答えると、校長先生も間を置かずに応じた。

「そうよね。それでいいの。ただね、ふたりきりのきょうだいということもあって、桃子さんは、弟を守らなければならないという母性愛のような気持ちが、ひと一倍強かったのよ」

「それはわかります。でも、どうしてお姉ちゃんが、小倉先生もいる前で、あんなふうに大泣きしたのかは、よくわかりません。たぶん、ぼくのせいなんだろうけど。それなら、ぼくのなにがいけなくて、どこをどういうふうになおせば、お姉ちゃんは泣かなくてすむようになるのかがわからなくて」

正彦はこの間の悩みをようやく話せた。

「きみは、いまのままでいいし、桃子さんは、もう二度と、あんなふうには泣かないよ」

小倉先生の声はこれまでで一番やさしかった。

「桃子さんはビックリしたんだよ。小さかった弟がどんどん大きくなって、たくましくなっていくことに。学校の勉強や、そば打ちだけじゃなくて、自分が知らない将棋までおぼえだした。おまけに、みるみる強くなって、今度は晴眼者とも戦うという。それだけじゃなくて、埼玉県にいる自分よりも強い盲学校の生徒たちとも戦いたいという。あの日、きみが見せた闘志はすばらしかった。ぼくも胸がふるえたし、ご両親も感動していたと思う。桃子さんだって感動していたはずだけど、それよりもおどろきが勝ってしまったんだよ。あんまりおどろいて、自分がずっと弟を心配してきたことや、柔道をがんばってきたことまでが無意味に思えてしまったそうだよ」

（お姉ちゃんは、そんなに長く、おれのことを心配していたんだ。それにくらべたら、おれがお姉ちゃんのことを心配していたのなんて、ほんのちょっとだな）

そう思った正彦は姉が自分のすぐそばにいるような気がした。両親と祖父母も、この応接室に一緒にいるような気がした。とくに、祖父の気配を、出雲の家以外の場所で感じるのははじめてだった。

「どうだい、いまの説明で」

小倉先生のことばで、せっかくの気配が消えてしまい、正彦は顔をしかめた。

「ごめん。なんか、邪魔しちゃったかな」

「小倉先生、ことばをかけるのが早すぎます」

「そうだよ、先生。いまのは、とってもだいじな局面だったから、ぼくは持ち時間を使って、しっかり考えてから返事をするつもりでいたんです」

「いや、面目ない。以後、気をつけます。しかし、正彦くんも、和美さんたちも、将棋用語を、じつにじょうずに使うようになったよね」

小倉先生が兜《かぶと》を脱いで、そのあとはまた校長先生が話しだした。

「夫もよく言うんだけれど、将棋って、そのひとの個性が、長所も短所も、ものの見事にあらわになってしまうんですってね。小倉先生に聞いたら、夫は流行の戦法ばかり指したがるんですって。しかも付け焼刃だから、相手にゆさぶられると、すぐにミスが出ちゃうんですって。学者なのに、みっともないわよね」

「ぼくはそんなふうに言っていませんよ。本筋の手は見えているはずなんだから、若手のプロ棋士たちでも研究途上の最新型を無理に指さなくてもいいんじゃないかと言ったまでです」

「同じことよ。そんなことだから、あなたに10連敗もしちゃうのよ」

ご主人を一蹴した校長先生が、こんどは小倉先生の棋風について話した。

アマ六段、全日本大学生選手権の個人戦でベスト4に進んだことがあるだけあって、とにかく強い。アマチュアには極めてめずらしい居飛車の受け将棋で、こちらが少しでも無理な攻めをすると、的確にとがめられる。なにより感心させられるのは、アマチュアの有段者にありがちな、相手の上をいったと威張ってみせる手や、相手をやり込める手がないことで、対局していてじつに気持ちがいい。

「指導者として、これ以上ないひとだと思うって言っていたわ」

「ありがたいおことばですが、持ちあげすぎだということも、よくわかっています」

「いいわねえ、本当に強いって」

「そんなことはありません。ぼくは大学生になって、視覚障がい児に対する教育について学ぶうちに、自分が以前よりもおちついて将棋が指せるようになっていることに気づいたんです。しかし勝負弱さは相変わらずで、形勢をひっくり返す一手や、相手を黙らせる一手なんて指せたためしがありません。正彦くんたちには、詰め将棋、詰め将棋と口酸っぱく言っていますが、ぼくが一番好きなのは棋譜並べです。それも名局にかぎらない。それこそ初心者どうしの対局だって、おもしろいところ、学ぶところはあるんです」

「夫に聞かせてあげたいわ。あのひとは、新しいもの好きで、目立ちたがり。そして目立つひとが好きなのよ。だから、前にも言ったけど、雲井さんに注目していて、『おれは、あの子を『推す』。すごいスターになるかしれないって、しつこいの。たしかに、めったにいない美人さんで、スタイルもいいし、メンタルも強い子だけど、恥ずかしいったらありゃしない」

そこで校長先生が口をつぐんだ。

（へえ。雲井さんは、そんなに美人なんだ。でも、そのことを、自分で知っているのかなあ。どっちにしても、おれには関係ないけど）

頭のなかでひと呼吸置いてから、正彦は小倉先生にたずねた。

「雲井さんについて、小倉先生に聞きたいことが二つあります」

「うん。なんだろう」

「ボードゲームクラブで、雲井さんは、いつも先生としか対局していないけれど、クラスの特活でも、誰とも対局してないんですか。たしか、6年生にはもうひとり、大木《おおき》由香《ゆか》さんという、寄宿舎生でもある女子がいたと思うんですけど」

「その質問には、わたしが答えます」

ひきとった校長先生によると、大木さんは重複障害なのだという。視覚障がい以外にも、肢体不自由の障がいがあるために、立ったり歩いたりすることができない。キャスターに寝た状態で授業を受けていて、駒の判別はできても、対局するところまでいっていない。

「えっ」

正彦はこの盲学校にそうした児童生徒がいることを知らなかった。大木さんのほかにも、肢体不自由の児童生徒は3人いるという。

「わたしたちもね、ともに学ぶ児童生徒について、あなたたちにどういうふうに伝えていくことが最善なのか、いろいろ考えているの。あのとき、加藤くんにはきびしく注意したけれど、かれの気持ちだってわからなくはないものね」

うつむいた正彦が思いをめぐらせていると、小倉先生が大木さんについて話してくれた。駒を持つことはできるので、駒の種類と動かし方はすぐにおぼえた。『この駒、なあに?』は百発百中。詰め将棋も得意で、小倉先生が盤上に配置した3手詰めや5手詰めの譜面をさわり、口頭で解答する。『3枚の合駒』も、時間はかかったが、自分で解いた。

正彦はキャスターに横たわった大木さんが盤上の駒をさわる姿を想像しようとしたが、うまくいかなかった。

「雲井さんと大木さんは、とても仲がいいんだ」

小倉先生が言って、正彦は顔をあげた。

「おととしの4月、みんなに将棋を教えだしたとき、小5だった雲井さんと大木さんに、特活の授業を、ひとつ下の小4の4人、つまり正彦くんたちと一緒に受けるのはどうだろうって持ちかけてみたんだ。そのほうが楽しくできるんじゃないかと思ってね。でも、上級生の自分たちが入ると、気をつかわせてしまうだろうし、自分たちでも気をつかってしまうと言われてね」

雲井さんは小4のとき、大木さんと同じ音楽部に入っていた。しかし将棋にも興味があったので、小5から自分だけボードゲームクラブに移った。そのこともあって、特活では大木さんとふたりで将棋を教わりたいと思ったのだろう。

「そうだったんですか」

あたたかい気持ちになった正彦は雲井さんとの対局がさらに楽しみになった。その一局をいいものにするために、やはりもうひとつの疑問も解消しておきたい。

「二つめの質問は、雲井さんの戦法についてです。雲井さんは、中飛車穴熊ばかり指しているけれど、中飛車穴熊って、プロ棋士でメインの戦法として採用しているひとは、ぼくが知るかぎりいなくて、どういうことなんだろうって、ずっと考えているんです」

「うん。さすがに、よく勉強しているね」

小倉先生が先を続けないので、正彦は誤解を受けないように付け足した。

「中飛車穴熊の攻略法を教えてほしいわけじゃありません。雲井さんとはまだ一度も対局したことがないけれど、かなり強いのは知っているし、きっと板倉さんみたいに、家族に将棋をするひとがいて、そのひとのすすめで、中飛車穴熊一本に絞ってるんじゃないか。つまり、そうとう強力な戦法なんじゃないかと思っているんです」

「うん」

「姉のことが気になって、このところ将棋に集中できていなかったんですけど、もうだいじょうぶなんで、今夜から中飛車穴熊の対策を研究し始めます。来月の、プロ棋士も来られるという研究発表会で、雲井さんと対戦しそうな気がするんで」

「うん。『うん』『うん』と言ってばかりで申しわけないけど、一方に肩入れするわけにはいかないからね。ぼくに言えるのは、中飛車穴熊はプロ棋士も指しているれっきとした戦法だけれど、プロ棋士よりも、アマチュアのひとたちに人気がある。それも大人気だということ。それから、中飛車穴熊を雲井さんにすすめたのは、ぼくではないということまでだ」

「はい、それで十分です。最後にもうひとつだけいいですか。穴熊って、居飛車穴熊も、振り飛車穴熊も、玉を囲うのに手数はかかるけれど、方針も指し手もはっきりしているから、そんなに迷わないはずですよね。それなのに、ボードゲームクラブでの先生との対局で、雲井さんはいつも一手一手にすごく時間がかかるじゃないですか」

「きみの疑問はどれもじつにもっともだし、最後の質問に答えても、雲井さんが不利になることはないと思う。というか、この機会に伝えられてよかったということになるなあ」

独り合点した小倉先生が、「雲井さんは対局中のぼやきがすごいんだよ」と言った。

「ぼやき？　あっ、わかりました。鈴木大介《すずきだいすけ》九段や、木村一基九段、それに山崎隆之《やまさきたかゆき》八段がよくやるやつですね。大きなため息をついたり、悲観的な独り言をつぶやいたりするんだけど、本気で言っているとはかぎらないから、真に受けてはいけないと、NHK杯で、解説の棋士が、かならず言っていますよね」

「うん。プロ棋士はみんな紳士だから、『なにやってんだ、おれは』とか、『こりゃあいかん』といった程度なんだけど、アマチュアのなかにはマナーが悪いひとたちがいてね。こちらの好手に対して『チッ』と舌打ちをしたり、相手のミスを『おお、よし』と喜んだりもする。自分が勝ったあとの感想戦でやたらと威張るひとも少なくない。気持ちはわからなくはないけれど、いずれもほめられたふるまいじゃない」

雲井さんのぼやきはそういうタイプとはちがっていて、いわゆる実況中継をしながら指すのだという。大木さんへのサービス精神から始まったことなので、小倉先生も止めずにいたのだが、そうこうするうちに雲井さんは大きな声で実況中継をしながらでないと手が進まなくなってしまった。

「まったく想定していなかったことで、ぼくも申しわけなく思ってるんだ。もちろん雲井さんのほうでも、そのクセを直したいと思っているんだけど、まだ完全には消えていなくて、とくに気合いが乗ってくると、無意識に出ちゃうんだね」

例えばこんな感じだと言って、小倉先生が雲井さんのまねをした。

「由香、いい。先手番のわたしが、８六の歩を８五につくと、８四にいる歩でとられちゃいそうだけど、それなら８筋の歩がさばけたことになるから、８二歩打つで、後手の右桂をとる手が打てるんだよね。二枚落ちの小倉先生は最初から飛車を持っていないから」

「さあさあ、ここが勝負どころだよ。小倉先生の攻めを受けるのか。それとも手を抜いて、こっちから寄せにいくのか。いわゆる速度計算ってやつで、算数が得意なわたしは、けっこう自信があるんだ」

「わあ、やられたあ。このタイミングで８九に龍をつくられたら万事休す。きょうも昇級はおあずけで～す」

正彦はとても愉快だと思ったが、ルール上はあきらかに反則負けだ。ボードゲームクラブでの対局で指し手を告げる声が小さいのは、大声を出さないように気をつけているからだという。

「研究発表会は、正式な将棋大会ではないから、多少のぼやきというか、独り言は大目に見ようと思っている。それから、大木さんも、すぐそばで雲井さんの対局を観戦する。そうしたしだいで、雲井さんの対戦相手は及川くんと板倉くんにお願いするつもりでいる。もうひとつ教えておくと、雲井さんはまだ4級だけれど、家では以前から対局時計を使っていて、つまり今年5月の晴眼者たちの大会に出場するつもりでいる」
「わかりました。それじゃあ、研究発表会での雲井さんと対局は、持ち時間を決めて、対局時計を使って対局したいと思います。ぼやきについても、なるべく気にせず戦います」

姉の件がすっきりしたうえに、雲井さんについての疑問も解けて、正彦は晴れ晴れとした気分だった。

すると自然に脳内に将棋盤が浮かび、雲井さんが得意とする中飛車穴熊の陣形が組みあがった。

「ぼくが後手番として符号を言うと、三間や四間の振り飛車穴熊に、居飛穴で対抗するなら、3筋は、下から順に金金銀歩って並ぶのが、対中飛車穴熊だと、5筋の攻めを受ける必要上、4三金と出て、3二金、3一銀と連携することになりますよね。つまり3一銀の腹である4一が急所になるわけで、そこに食いつかれて、ひたすら耐える展開になる。それをしのいで反撃に出ても、相手も金銀4枚でがっちり囲った穴熊だから、軽く100手を超える長い将棋になるんだろうなあ。もうひとつ、中飛車には中飛車で対抗する手もある気がするんだけど、そっちも将棋ソフトで研究してみるか」

「すごいわねえ。一瞬で、そこまで考えられるなんて。しかも頭のなかだけで。目の当たりにすると、ふるえるわ」

感心した校長先生が、「さっきは雲井さんの容貌について、よけいなことを言ってごめんなさい」と正彦にあやまったところでお開きになった。

寄宿舎の部屋に戻った正彦は、電話ではなく家族LINEで、出雲の家に連絡した。

スマホの使い方に精通している大人の視覚障害者がいて、YouTubeで文字入力のやり方を教えている。おかげで正彦は、家族だけでなく、悟、和美、勇気ともLINEがつながっていた。送られてきたメッセージは音声出力で聞く。

【先ほど小倉先生から、水尾校長もいる応接室で、12月30日の夕方のことを聞きました。これでぼくも将棋に集中できます。お姉ちゃんも柔道の大会でまた優勝してください】

【ありがとう。将棋と柔道でアベック優勝といきましょう】

すぐに姉からの返信があり、安心した正彦はその晩おそくまでコンピューターソフトと対戦し、5戦全勝して眠りについた。

勢いに乗った正彦は、その週の金曜日6時間目のボードゲームクラブで、飛車と左の香車を落とした小倉先生にはじめて勝った。さらに翌週の特活とボードゲームクラブでも、同じく飛車と左の香車を落とした小倉先生に勝利し、1級に昇級した。

次回の対局から、上手は飛車落ちになる。飛車落ちの小倉先生に3連勝すれば、念願だった初段になれる。柔道でいえば黒帯だ。つまり姉と肩を並べられるわけで、正彦の闘志はいやがうえにも燃えあがった。

悟、和美、勇気もそれぞれ6級から5級にあがり、3人はもちろん、小倉先生もとても喜んでいて、正彦もうれしかった。

10

月が変わって2月になり、研究発表会の日が近づいた。

対局の組み合わせはすべて小倉先生がおこない、最多の勝ち星をあげた個人と、最高勝率の学年を表彰するという。

「当日のスケジュールおよびルールについては、この要項を読んでください」

火曜日4時間目、特別活動の授業の最初に点字で記されたプリントが配られて、正彦は両手を使って読んでいった。

点字の1字が、ひらがなの1字に対応しているために文字数が多く、片手で追っていると時間がかかる。そのため、まずは右手、次に左手で点字を読めるようにして、両手をリレーするように動かすと、目で読むのと変わらない速度で文章を読める。習熟には2年ほどかかり、小3の4月に盲学校に入学してきた勇気もようやく正彦たちに追いついてきていた。

プリントには、おおよそ以下のことが箇条書きにされていた。

・2月15日金曜日の研究発表会は特別な時間割でおこなわれる。
・午前中は3時間目に小学部1年生と2年生、4時間目に小学部3年生と4年生に特別活動の授業をおこなう。場所はどちらも特別教育棟1階の合同教室。小1〜小4は午前中のみの授業で、給食後に帰宅する。

・小学部5年生と小学部6年生、中学部と高等部の児童生徒は給食開始の12時30分に合わせて登校する。各クラスで給食を済ませたあと、5時間目と6時間目を使い、体育館において児童生徒どうしの対局をおこなう。

・そうしたスケジュールに合わせて、スクールバスは朝と昼に2往復する。

・来訪者のなかには、盲学校に初めて来られる方もおられるので、校舎内を移動するさいも白杖を使用すること。

・体育館での対局は、1局だけでなく、何局指してもいい。

・すべて平手での対局とし、学年に関係なく、級位が上の者が後手番になる。級位が同じ場合は、学年が上のものが後手番になる。

・時間制限は設けないが、ふだんの対局と同じく、無闇な長考はしないようにこころがける。

・双方が合意すれば、対局時計を用いてもかまわない。その場合は、持ち時間各自25分、使いきってからは一手60秒未満とする。

・対局前に「お願いします」、終局後に「ありがとうございました」のあいさつをかならずする。

・反則や千日手《せんにちて》など、裁定を要する場合は手をあげて、小倉先生を呼ぶ。
・当日のようすはビデオ撮影されて、全国の盲学校、視覚特別支援学校での実践や研究に役立てられる。希望する保護者には録画データを貸しだす。
・同じ文書を保護者にもメールで送る。
「この小学部5年生のクラスでは、和美さんと勇気くんは、お昼のスクールバスで登校する。悟くんと正彦くんは、午前中は寄宿舎で過ごして、給食の時間に合わせてこの教室に来るというわけだ」

小倉先生は張りきっていた。

「それはわかったから、その日に来るプロ棋士の名前を早く教えてよ。てっきり、このプリントに書いてあると思ったら、書いてないんだもん」

悟に急《せ》かされた小倉先生が「えへん」と咳払いをした。

「羽生善治さんや藤井聡太さんのような超有名棋士ではないけれど、将棋ファンなら、ほぼ全員が知っている若手の有望株だよ。段位は六段。ぼくより三つ上の28歳。順位戦はB級2組、竜王戦は3組」

「なぞなぞみたいに言われても、わかんないよ」

悟がまた文句を言った。

「それって、かなり強いひとですよね。タイトル戦に出たことはあるんですか？　あと、所属は、東京か、関西か」

和美が聞いて、正彦はどちらもいい質問だと思った。「見る将」のおとうさんと、家で将棋の話をたくさんしているのだろうと思い、ちょっとうらやましい気もした。

「2017年に叡王《えいおう》戦が加わって八つになったタイトル戦にはまだ登場していないけれど、新人王になっているから、棋戦優勝1回。挑戦者決定戦には2度登場している。出身は、ぼくと同じ埼玉県。ただし中学生のときに大阪に引っ越したんで、所属は関西将棋連盟。NHK杯には3回出場していて、ベスト4が1回」

「わかりました」

正彦が手をあげた。

「大辻弓彦《おおつじゆみひこ》六段。小倉先生のUSBに、NHK杯での対局が6、7局入っていますよね」

「大正解。当ててもらえてうれしいなあ。研修会のときの友人に野崎翔太《のざきしょうた》というのがいてね。かれは埼玉県で中学校の教員になっているんだけど、大辻六段は野崎が通っていた将棋教室の先輩。その縁で、ぼくも知り合いになったんだ。視覚障がい児に将棋を教えるとりくみにも関心を持ってくれていて、きみたちが対局する姿を是非見たいってことで、わざわざ来てくれるんだよ」

「先生なのに、こどもみたいに喜んでる」

勇気がシニカルに指摘した。

「いいじゃないか。大辻六段は、ぼくのあこがれなんだ。かれがデビューしてからのすべての対局を並べている。器が大きいというのは、かれのようなひとのことを言うんだろうね。勝った将棋も、負けた将棋も、じつに味があるんだ。なにより終局図がきれいでね」

「先生が大辻六段のファンだってことは、よくわかったよ。それで、研究発表会では、おれたちも、上級生たちと対局するんでしょ。正彦は、ボードゲームクラブで上級生たちと対局しているけど、この2年、おれたち3人は内輪でしか対戦してきていないから、楽しみが半分、こわさが半分。中学部や高等部のひとたちがいくら強くても、おれたち3人も五分以上の星をあげて、正彦には全勝してもらって、小5のおれたちが個人でも、学年別でも優勝といきたいなあ」

勇気の決意表明を小倉先生がほめた。

「よく言った。それこそ、ぼくが待っていたことばなんだ。じつは、ぼくにも夢があってね。それは……」

「それはこんどにして、きょうの対局を始めようよ」

「え〜、聞いてくれないのかよお」

勇気にすかされて、小倉先生が落ち込んでいる。正彦も早く対局したかったが、小倉先生の夢がなにかも気になった。

この1ヵ月ほど、正彦は対中飛車穴熊の研究ばかりしていた。方針は二つ。居飛車穴熊で対抗するか、こちらも中飛車にするか。居飛車穴熊にする場合は、水尾校長の前でも言ったように、ゆうに100手を超える長い将棋になることを覚悟しなければならない。

ただし、そう簡単に長い勝負に持ち込めるわけではない。

雲井さんとの対局では向こうが先手番になる。先手の優位を生かして、5筋に振った飛車を5八から5六へと浮かせて、さらに7六へと展開する、いわゆる石田流《いしだりゅう》のかまえを築かれたら、こちらに勝ち目はないと言っていい。

石田流に組ませないためには、序盤の、さまざまな含みを持たせた指し手に応じつつ、6筋7筋の歩を四段目まで繰り出す必要がある。

そこまで警戒しても、ようやく五分の形勢なのだから、中飛車穴熊がいかに優秀で強力な戦法なのかということだ。

にもかかわらず、中飛車穴熊を採用するプロ棋士が少ないのは、狙いがはっきりしすぎているために、変化の幅が狭く、持ち時間の長い対局では対応されてしまうからではないか。NHK杯将棋トーナメントなどの持ち時間の短い対局においても、プロ棋士の読みの速度と正確さは段違いであるため、あまり有効ではないのではないかと、正彦は思っていた。

逆にいえば、アマチュアどうしが、持ち時間の短い対局をする場合、中飛車穴熊はきわめて有力な戦法だということになる。

しかも雲井さんは、正彦を追うように、4級から3級、さらに2級へと昇級を重ねていて、苦戦は必至だった。

（日にちもないし、頭を切り替えるか。おれ個人はもちろん、小5の学年としても優勝するためには、雲井さんに勝つだけじゃなくて、板倉さんをはじめとする相手に全勝しなくちゃいけないんだからな）

5時間目は13時30分に始まる。6時間目は15時15分に終わる。1時間45分のあいだに指せるのは多くても3局。雲井さんと板倉さんが相手なら、どちらも熱戦になるのはまちがいないから、2局だけということもありえる。

（雲井さんを短手数で倒すなら、相中飛車からの必勝法を考えるか。いやいや、そういうことを悩むのはやめよう。相手の一手一手に、正確に、誠実に応じる。その先にしか勝利はない）

覚悟を決めた正彦の頭に、出雲から松江まで送る車のなかでの父のことばがよみがえった。あれは小3から小4になる春休みのことだ。

そば打ちでの、水の分量にからめて、父はこの程度でいいさと高をくくることなく、つねに手さぐりでこね鉢に向かう大切さを説いたのだ。

20年以上、それも毎日10回以上もそばを打っているにもかかわらず、こね鉢に入れられた目の前のそば粉に気持ちを込めること。手ぎわのよさを追い求めながらも、手を抜かずに働き続けるたいへんさはどれほどのものなのか。

自分には想像もつかないが、先を見とおしすぎることなく、一手一手に集中するという点で、そば打ちと将棋は似ている気がする。

（将来、家業をついだとしても、おれは一生、将棋を続けていく。そのためにも、こんどの研究発表会で、小倉先生や大辻六段に胸を張れる将棋を指すんだ）

気合いが入った正彦は、その日も飛車落ちの小倉先生に対して右四間飛車で挑んだ。対飛車落ちの定跡で、上手が守りを固めている右辺をあえて攻める。

難しいが、上手が落とす駒が減っていくたびに、正彦は小倉先生と対等に近いかたちで将棋を指しているという充実感に満たされていた。

（小倉先生の夢って、なんだろうな。あこがれの大辻六段と平手で指すことかな。でも、プロはアマと平手では指さない。その境を安易に越えるべきではないって、小倉先生も思っているんだから、それとはちがう夢だよな）

その対局でも、正彦は小倉先生に敗れたが、相手の角のはたらきを封じたうえに、歩の指し合いから飛車をさばけたのは収穫だった。

研究発表会の日が来て、朝食のあと、正彦は悟と寄宿舎棟1階の集会室で練習対局をすることになった。さそってきたのは悟のほうだ。

「相振り飛車にして、2局指してもらっていいか。おれは2局とも三間飛車でいくから、正彦は1局目に四間飛車、2局目は三間飛車にしてくれよ。上級生たちも、振り飛車がほとんどだっていうからさあ。あと、難しい局面で、おれが自分の読みを言うから、おまえの意見を聞かせてくれないか」

「いいよ」

「軽く言うのがすげえよなあ。おれもこのあいだ、コンピューターソフトを相手に、はじめて相居飛車の将棋を指してみたけど、難しいのなんの。一手ごとに考えることが多すぎて、1局に1時間以上もかかっちゃったよ」

「相手の棋力は何級に設定したの？」

「5級。よくばらないで、自分より弱い6級か7級にしておけばよかったぜ」

そんな会話をしながら駒を並べていると、「いま、集会室には、おれたちのほかに誰もいないみたいだな」と悟が小声で言った。

悟は小眼球という胎児期の異常で、視力が弱いうえに視野も極端に狭い。しかし、集中して見れば、そこにひとがいるかどうかはわかるという。

「将棋ってさあ、ホントにおもしろいよな」

加藤さんとの密談が頭をよぎっていた正彦はそっと息をついた。

「最初の1年は、よくわからないまま、勘で駒を動かしていることも多かったんだけど、この2学期に6級になったくらいから、ようやく一手一手のやりとりがわかってきて、いまはおもしろくてしょうがないんだ」

「そうなんだ」

「まあ、2年足らずで1級までできたおまえには、この気持ちはわからないだろうけどさあ」

正彦は返事に困った。

「黙るなよ。皮肉で言ってるんじゃなくて、おれは、おまえが強いのが、ものすごくうれしいんだぜ」

それから悟は将棋の団体戦について話した。

将棋は基本的に一対一で戦う個人競技だが、団体戦もある。高等学校の場合、1チーム3人制で、2勝したほうが勝ち。県大会を勝ち抜けば、全国大会に出場できる。

「おれさあ、高等部になったら、おまえと勇気と3人でチームを組んで、全国大会を目ざしたいんだ。晴眼者ばかりの高校に勝つのは難しいだろうけど、このあいだ小倉先生が言いかけた夢も、それなんじゃないかなあ」

（なるほど）

胸のうちで応じながら、正彦もそれは目ざすに値する夢だと思った。続いて、ひとつ疑問が浮かんだ。

「その団体戦って、男女別に分かれてるの？　それとも、男女混合チームでもいいの」

「高校は、男子と女子で別々だって、和美が言ってた。おれも、もとは和美に聞いたんだ」

（そうかあ。それなら和美は雲井さんと、もうひとりでチームをつくるんだ。大木さんも対局できるようになるといいのになあ）

正彦は胸のうちで3人の女子にエールを送った。

「まあいいや。とにかく、おれと勇気はそんなことを考えていて、おまえと3人でチームを組めるように、自分たちなりに努力してるってわけさ」

そのあとは悟も対局に集中して、要所で立ち止まりながら2局を指した。悟のおかげで、正彦は雲井さんとの対局を意識しすぎることなくお昼までの時間をすごすことができた。

給食をすませて、いったん寄宿舎の部屋に戻った正彦は祖父の扇子を左手に持った。これまで特活やボードゲームクラブでは扇子を使っていなかったが、きょうは特別だ。

右手で白杖をつき、体育館に着いた正彦は、入り口にいた小倉先生に付き添われて椅子にかけた。

机の上には枠の付いた盤、駒の入った箱と駒台、それに対局時計とペットボトルが置かれていた。

体育館にはかなりの数のひとたちがいるようだが、みなさん静かにしていて、入学式や卒業式のような厳粛な空気だ。このなかに大辻弓彦六段もいるのだと思うと、正彦は身がひきしまった。

「及川くんの初戦の相手は小学部6年生の雲井とも子さんです」

「はい」と答えると、「よろしくね」と声がして、正彦はすでに相手が着席していることを知った。しかも特活のときの小声ではなく、明るく元気な声だ。

「こちらこそ、よろしくお願いします。雲井さんとの初手合《はつてあ》いを楽しみにしていました。あの、大木さんもそばにおられるんですか」

「ここにいま〜す。とも子の右手側で〜す」

「ぼくは小5の及川正彦です。ご存じだと思いますが、大木さんと同じ寄宿舎生です。よろしくお願いします」

「は〜い、知ってま〜す。あなたもがんばってね〜」

「はい、がんばります」

それから小倉先生が対局時計はすでにセットされていると言って、正彦は扇子を盤の手前に置いた。

「1級の及川くんが後手番なので、対局時計は及川くんが希望する側に置きます」

「では、ぼくの右手側にお願いします」

「わたし、左利きなんで、悪いけど、それはハンデにはならないわ」

「雲井さん、おしゃべりはそこまでにしてください」

きつめに注意した小倉先生が盤のそばを離れた。上手である正彦は駒箱の蓋をとり、なかの駒を盤上にあけた。

「先にどうぞ」

「ありがとう」

丁寧に応じた雲井さんが手ぎわよく駒を並べていく。

(左利きか。そういえば、これまで、誰が右利きで、誰が左利きかなんて、考えてみたこともなかったな)

「どうぞ」と言われて、こんどは正彦が駒の山に手を伸ばした。歩をより分けたあとに、一番大きくて点字がついていない玉を5一に置く。

なにげなく駒の表をさわると、「、」のない「王」だった。一般に上手側が位の高い王将を持つことを、雲井さんも知っていたのだ。

「みなさん、こんにちは。本校教員の小倉祐也です。これから研究発表会の午後の部、小学部5、6年生の児童と、中学部、高等部の生徒たちによる対局を始めます」

マイクを通した声が広い体育館に響いた。

「来賓の方々の紹介などは、本日の最後にいたします。それでは、準備が整ったところから対局を始めてください。終局後は、ふたりともが正面の演壇の前まで来て、わたし小倉に勝敗を教えてください。その結果を受けて、次の対戦カードを決めていきます。それでは、始め！」

「お願いします」と言って、正彦は右手で対局時計の手前側のボタンを叩いた。

「5六歩」

初手を告げた雲井さんの声は、さっきのあいさつよりもさらに大きかった。この声なら、かたわらの大木さんにもよく聞こえるはずだ。そして、この声の大きさでもほかの対局者たちの邪魔にならないように、この対局は、ほかの対局とかなり離れた場所でおこなわれているにちがいない。そう考えた正彦は、雲井さんと同じくらいの声で指し手を告げた。

「8四歩」

角道を開けるのではなく、飛車先の歩を突いたのは、振り飛車は角交換から急戦をしかけてくることがあるからだ。相手が穴熊に囲うと頭から決めて、足をすくわれるわけにはいかない。

「7六歩」と雲井さんがノータイムで角道を開けた。

どんどんくる相手に合わせず、正彦はひと呼吸おいて、「8五歩」と飛車先の歩を伸ばした。

その後、中飛車にかまえた雲井さんが含みを持たせた手をいくつも指しながら、玉を穴熊に囲った。正彦は小刻みに時間を使って慎重に対処し、玉を1一まで動かして、後手陣も穴熊に囲った。

金銀の位置は、3学期のはじめに校長室で言ったとおり、4三の金で中央の攻めにそなえる。そして右の桂馬を7三に跳ねて、飛車を6四に浮くのが正彦が目ざす陣形だ。

一方、石田流を封じられた雲井さんは、正彦の攻めに対応しつつ、銀冠穴熊に組みなおそうとしている。2枚の銀の下に金が2枚並ぶ、ただでさえ堅い穴熊のなかでも最も堅い陣形だ。

双方の駒台に駒はなく、ここまでは正彦が望んだゆっくりとした将棋になっていた。ただし正彦は相手の攻めを警戒したぶん、雲井さんよりも消費時間が多く、40手ほどの進行で、25分の持ち時間のうち15分以上を使っていた。

対局時計は秒読みだけでなく、残り10分と残り5分で、そのことを教えてくれる。持ち時間を使いきったことも教えてくれる。

対する雲井さんは正彦の半分も時間を使っていない。しかも、ぼやきも実況中継もしていない。

（まだ余裕があるってことか。それとも終盤に自信があるのかな。そういえば、詰め将棋が得意なんだもんな）

そこで正彦はペットボトルの水をひと口飲んだ。

「ふう。わたしも飲むわ。由香も、そろそろのどが渇いたんじゃない。遠慮なく先生を呼んでね」

「うん、そうさせてもらう。及川くん、いろいろ邪魔でごめんね」

「いいえ。どうぞ」

「ありがとう」

「由香はね、ブザーみたいなもので先生を呼ぶの」

なごやかなやりとりで、正彦は対局中だということを忘れそうになった。

「2八金上がる」

こちらの隙を突くように雲井さんが指し手を告げた。ただし、戦闘開始を告げる攻めの手ではなく、銀冠穴熊を完成させる一手だ。

「これで守りは万全。さあ、ここから勝負よ」

雲井さんの実況中継が始まり、正彦は祖母にもらった祖父の扇子を広げて顔をあおいだ。

（ここは大事な局面だぞ。たしかに銀冠穴熊は堅いが、崩れない囲いはない。よし、そ

れなら、こっちから攻めてやる）

畳んだ扇子を盤の手前に置き、正彦は両手で盤面をさわった。つぎの手で7五歩と突き、その後も7筋、5筋、6筋で歩を連続して使い、角と飛車の位置をずらす。さらに角交換を強要し、相手の飛車はさばかせずに、自分の飛車をさばくのだ。

成功すれば、まさに理想的な展開だが、見損じや見落としがあって、先に龍をつくられたら、悔やんでも悔やみきれない。

「後手、残り5分です」

人工音声が告げたが、正彦はあわてずに脳内の将棋盤で駒を動かした。

（いける。いくなら、このタイミングしかない）

「7五歩」

正彦は右手を伸ばして7筋の歩を1マス進めた。

「5九角」と雲井さんは7七に出ていた角を引いた。

「7六歩」

正彦が続けて歩を突くと、雲井さんがあわてて盤面をさわっている。おそらく、こちらの狙いに気づいたのだ。

「やるわね」

再びぼやいた雲井さんは少し時間を使って「7六同飛」とした。

「7四歩打つ」

5手前の「7五歩」のときにすでに読んでいた手で、正彦は7三桂の頭を歩で守った。

その後、読みどおりの手順で先手の飛車を押し込めて、自分の飛車をさばいた正彦は再びペットボトルを手にとった。すでに25分の持ち時間を使いきり、雲井さんより先に一手60秒未満での将棋になっていたが、上々の展開だ。

「う〜ん、一本とられちゃった。でも、ここから、ここから」

雲井さんが気合いを入れなおして、正彦も気持ちを引き締めた。

そこから雲井さんは時間を使い、「先手が持ち時間を使いきりました」と人工音声が告げたあともさらに考えている。

（おれは25分＋5分、雲井さんが25分、もう1時間近くたっているのか。終盤の入り口だけど、相穴熊はここからが長いから、きょうはこの1局だけだな。悟や和美や勇気はどうしてるかな。あいつらは2局か3局指すんだろうから、ひとり1勝はするといいよな。そうなると、もしもおれが雲井さんに負けたら、あいつらに頭があがらないぞ）

多少の余裕を感じながら正彦は水を飲み、扇子で顔をあおいだ。

「50秒、1、2、3、4、5、6」

雲井さんも対局時計には慣れているらしく、秒読みが進むなか、「4五歩」と指し手を告げた。後手陣の囲いから離れた4三の金を攻めようという手だ。

（よし、くるなら来い）

正彦も秒読みが始まるまで両手で盤上をさわり、「同歩」と受けた。

「４四歩」には「４二金」と引く。

（さあ、ここからどうくる）

「50秒、１、２、３、４、５、６、７」

秒読みが進んだところで「２五歩」と雲井さんが指し手を告げた。こちらの猛攻は覚悟のうえで、２筋に攻めの拠点を確保する、肉を切らせて骨を断つ一手だ。

（やるなあ。これは本当に長くなるぞ。こっちが優勢だけど、最後は1手差になると思っておいたほうがいい）

「６八飛成る」から攻勢に出た正彦は「６七角打つ」で完全に優位に立った。

その後、先手の飛車と後手の角が交換されて、正彦は必勝型をつくったが、そこからの雲井さんのねばりがすさまじかった。

２筋の歩の指し合いからつくった２四歩を拠点に２筋を執拗に攻め立てて、持ち駒の香車や桂馬で後手陣の金銀をはがしにかかる。玉が１一から引きずりだされたら万事休すだ。

（きついな。受けまちがったら即逆転だ）

あせりを感じながらも正彦はあわてずに盤面を確認し、相手の持ち駒も確認し、脳内の将棋盤で駒を動かした。

雲井さんも懸命に盤面をさわり、「50秒、1、2、3、4、5、6、7」と秒読みが進んでから指し手を告げることを繰り返す。

（おちつけ。あわてるな。いずれは攻めが切れるはずだ）

正彦はひたすら耐えた。

「2三歩打つ」

何度目かわからない2筋への打ち込みだが、この手を受けきれば、後手玉に詰みはなくなる。

（いよいよ来たな。究極の2択だ。2二のマスを銀打ちで守るのに、3三に銀を打つのか、3一に銀を打つのか）

脳内にはっきり浮かんだ盤面で正彦は考えを進めた。

（よし、だいじょうぶだ。絶対にまちがえていない）

「3一銀打つ」

そう告げて駒台の銀を打った正彦は右手で対局時計のボタンを叩いた。

これ以上のねばりは悪あがきになるが、将棋は一方が負けを認めることで決着する競技だ。自分の勝ちがゆるがないからといって、相手に敗北を認めろと迫ることはできない。

（とっくに100手をすぎて、120手も超えているはずだけど、6時間目はまだ終わってないんだよな。それだったら、小倉先生が止めにくるだろうからな）

正彦が気をそらしたとき、「負けました」と雲井さんが言った。

「ありがとうございました」と続けられて、あわてた正彦は「ありがとうございました」と早口で応じた。

「ごめ～ん、由香。がんばったけど、わたし負けちゃったあ。あ～あ、勝ち星数で決める個人戦はともかく、勝率で決める団体戦では優勝するつもりだったのに～」

雲井さんが明るい声で嘆くと、「いいよお。どっちも強くて、とってもいい将棋だったもん」と大木さんが言った。

拍手が鳴り響いたのは、そのときだ。正彦はまるで気がついていなかったが、自分たちの周囲を先生たちがとり囲んでいたらしい。

「雲井さん、及川くん。すばらしい一局でした。感想戦をしたいところでしょうが、終了の時刻が近づいているので、そのまま聞いてください」

そう言った小倉先生が正彦たちのそばから離れた。

「島根県立しまね盲学校の児童生徒のみなさん、本日はよくがんばって、日ごろの成果を存分に発揮してくれました。そして、来賓のみなさん、朝早くから、長時間にわたる研究発表会を参観くださり、まことにありがとうございました。本校児童生徒の活躍をたっぷり見ていただきましたので、この場でわたしから申しあげることはありません。島根県教育委員会のご支援と、運営協議会をはじめとする本校保護者のみなさまのご理解に感謝するばかりです」

マイクを通しての小倉先生の誇らしい声が体育館に響き、正彦はホッと息をついた。

「みなさまからのご感想、ご意見は、書面等であらためてうかがわせていただきますので、この場では、ゲストとしてお招きいたしました大辻弓彦六段より、ひと言いただきたく思います。児童生徒は起立してください」

ガタガタと椅子を引く音がして、正彦も立った。

「由香はそのままでいいんだからね」

雲井さんが大木さんに言って、「そうだよ。いまのは小倉先生のミスだ」と正彦も小声で賛同した。

「うふふふ」

雲井さんの笑い声を聞くのははじめてだった。

「大辻弓彦と申します。わたしは教育者ではなく、一介の将棋指しですので、本日の出来事のすばらしさをどこまで理解できているか、心もとないのですが、本当に良い勉強をさせていただきました。小倉先生にもまだ相談しておりませんが、来年度中に是非再訪して、児童生徒のみなさんと将棋を指したいと思います」

凜々《りり》しく、清々しいあいさつで、正彦は身が引き締まった。

「大辻六段、ありがとうございました。続いて、本日の優勝者および優勝学年を発表します」

正彦は悟、和美、勇気のそばに行きたかったが、まさか声をだして呼ぶわけにいかなかった。

「個人の部の優勝は、高等部1年生板倉邦典くん。成績は6勝0敗」

拍手が起こり、正彦も手を叩いた。

「団体の部の優勝は高等部1年生。成績は8勝3敗」

またしても拍手が起こり、正彦は手を叩いた。

「本日の研究発表会はこれにて終了といたします。児童生徒は使用していた駒をかたづけて、その場で待機していてください」

椅子にすわった正彦が駒箱に駒を入れていると、「はじめまして」と男のひとがあいさつをしてきた。

「雲井さん、及川くん。わたしは『日の丸ポスト』という、東京に本社がある新聞社の記者で、将棋欄を担当している二本松英夫と申します」

「えっ」

正彦がおどろくと、「まあ」と雲井さんも声をあげた。

「ぼく、二本松さんのエッセイを読んでいます。盲学校の図書館に点字の本があって」

「それはどうも。光栄のいたり」

神妙に応じた二本松さんが先を続けた。

「おふたりに、インタビューをしたいと思います。ただ、きょうはお疲れでしょうし、わたしも時間がないものですから、５月の将棋大会のときはどうでしょう」

小倉先生の了解はとってあるというので、「わかりました」と正彦は答えた。

「わたしも、かまいません」

雲井さんが大人のようなすました返事をした。

「ありがとうございます。小倉先生に名刺を渡しておきましたので、親御さんに、その旨お伝えください。いや、見事な勝負でした。おふたりとも、じつに強い。では、失礼」と言って、二本松記者は正彦たちから離れた。

入れ替わるようにやってきたのは水尾校長の旦那さんだった。ただし名字はちがっていて、竹《たけ》井《い》涼《りょう》太《た》郎《ろう》さんというそうだ。

「おふたりとも、じつに大したものですね。11月の文化祭のときより、はるかに強くなっている。１級と２級だそうだけど、小倉くんは、そのへんはからいからなあ。及川くんは初段どころか三段はあるし、雲井さんだって、二段でおかしくない。この一局にかぎれば、おふたりとも、研修会で十分にやっていけるレベルですよ。目ざせ奨励会、目ざせ女流棋士だ」

「ありがとうございます、がんばります」

雲井さんが明るく応じて、「ありがとうございます」と正彦もお礼を言った。

「一度、ぼくとも手合わせをしてください。それじゃあ、また」と言って、竹井さんも正彦たちから離れていった。

「及川くん。きょうの対局、手数は長かったけれど、わたしの完敗だわ」

「いいえ、そういうふうには思っていません」

雲井さんとそんなやりとりをしていると、「正彦、どこだよお」と呼んで悟たちがやってきた。

悟は2勝2敗、和美は1勝2敗、勇気は2勝1敗で、みんな仲良く板倉さんに負かされていた。

「まるで格下扱いでさあ。一方的にやられちゃったよ」

「わたしも、8手目で馬をつくられてボロ負け。もう、あのひととはやりたくない」

「正彦が、いかに付き合いがいいかわかったよ。これからもよろしくな」

最後に勇気が言うと、「よろしくね」、「よろしくな」と和美と悟にもあいさつされて、

「こちらこそ」と正彦は答えた。

それから30分ほどあと、正彦は雲井さんとふたりで応接室にいた。車で迎えにきた自

分の母親に雲井さんが話して、校長先生に頼み、ふたりきりで話すことになったのだ。

水尾校長や小倉先生は、来賓の方々と一緒に、このあと松江市内に向かうという。

「おかあさんにも絶対に聞かれたくない話だから、こっそりドアの隙間からのぞいたり、聞き耳を立てたりしないでね」

雲井さんが母親にきつく念を押して、正彦はいったいなにを言われるのかとハラハラした。

「及川さん、こういう娘なので、まことに申しわけありません」

そうあやまって、雲井さんのおかあさんは応接室から出ていった。

「対局の直後は、そのうちでいいかと思ったんだけど、やっぱりきょうのうちに言っておきたいと思ったの。疲れているのに、ごめんなさい」

向かいのソファにかけた雲井さんがはっきりした声で言った。

「時間もないから、いきなり聞くけど、及川くんの目標はなに？」

「うちは、出雲大社の近くにある老舗のそば屋だから、父のあとを継いで、一人前のそば打ちになること。そのためには、よっぽど努力しないといけないんだけどね」

正彦は素直に答えた。

「も〜、ちがうわよ。将棋の目標よ。ちなみに、小倉先生の目標は、盲学校の卒業生たちを率いて大会に出ることなんですって」

「へえ、そうなんだ」

正彦が応じると、雲井さんがその大会について手短に説明してくれた。

「社団戦」と呼ばれているオープンな大会で、学校でも、職場でも、友だちや親戚どうしでも、どんなくくりでも参加できる。

「毎年の夏に東京の浅草でひらかれているその大会に、自分が教えた盲学校の生徒たちとつくったチームで参加したいんですって、10年以上先に。ずいぶん気が長い話よね」

「うん。10年先だと、おれは20歳で、そば打ちとしては、まだ半人前だろうからな。おとうさんやおかあさんが行ってもいいって言ってくれても、素直に行く気になるかどうか、わからないなあ。将棋は大好きだけど、やっぱり仕事のほうがだいじだもんなあ」

そう答えながらも、正彦は10年後の自分に思いをめぐらせた。

(でも、そのときも、悟、和美、勇気と友だちでいられるといいなあ)

「ねえ、ちょっと、こういう話の流れになったら、『雲井さんの、将棋についての目標はなんですか?』って聞くのがふつうでしょ」

1学年上の女子にどやされた正彦はオウム返しにたずねた。

「あの、雲井さんの、将棋についての目標はなんでしょうか?」

「あのね、これをひとに言うのは、あなたがはじめてなの。そのつもりで聞いてね」

「ああ、はい」

「わたしはね、有名になりたいの」

「えっ」

思わず声を発した正彦は「すみません」とあやまった。

「有名人になって、みんなからチヤホヤされたいわけじゃないわ。そうじゃなくて、わたしたちと同じく、目が見えないひとたちのために有名になりたいのよ」

有無を言わせぬ力強さで雲井さんは言った。

「きょうの対局のあと、新聞記者のひとも、5月にインタビューをしたいって言っていたでしょ。東京からわざわざもう一度松江に来るくらいの注目は集められるのよ。あなたとわたしが将棋で活躍すれば」

それから雲井さんは、三段になったら大阪の研修会に入るつもりなのだと言った。研修会でC1クラスに一定期間在籍すれば女流棋士の資格を得られるのだという。

「あなたも研修会に入りなさいよ。いくらわたしでも、ひとりじゃ心細いもの」

正彦が返事をできずにいると、雲井さんが続けた。

「知ってる？　わたし、すごい美人なんですって」

「はい。校長先生の旦那さんがそう言ってるって、校長先生から聞きました」

「なんだ、そうだったの。とにかく、わたしは絶対に有名になって、松江の盲学校がこんなにすばらしいところだっていうことを、たくさんのひとたちに広めたいのよ」

「うちの学校のすばらしさを広めるのは、ぼくも大賛成です。それで、雲井さんは自分の顔がわかるんですか？」

この流れなら聞いてもよさそうだと思い、正彦はまず自分の症状を話した。

「そういうわけで、ぼくは一度も目が見えたことがないんです」

「わたしもよ。1歳で失明したから、見えていたときのことはなにもおぼえていないと言うのが正確だけど」

自分が美人だと知ったのは、母親と松江の街を歩いていたときに、ロケに来ていたテレビ局のスタッフに声をかけられたからだ。1度ではなく、3度も4度もそういうことがあった。家族で東京ディズニーランドにいったときも、芸能プロダクションのひとに声をかけられた。目が見えないと伝えても、しつこく連絡してきたという。

そこで、自分が有名になることで盲学校のすばらしさをアピールしたらと思いついたが、美人なだけでは今一つだ。そんなときに小倉先生が赴任してきて、将棋を始めたところ、すっかりハマってしまった。中飛車穴熊は松江の将棋道場の席主さんにすすめられて身につけたという。

「失明の原因は、あなたの学年の山根和美さんと一緒で眼球のがん。さいわい、いまのところ再発はなし」

それから雲井さんは両目に義眼が入っていると言った。

「ひと前に出るようになったら、うんときれいな義眼をつくってもらおうと思っているの」

「せっかくなら、瞳を青とか、緑とか、いろいろな色にすると、ますます人気がでるんじゃないかなあ。金や銀もいいよね」

正彦は思いついたままを口にだした。

「いいわね、それも」と雲井さんも喜んでいる。

そこでドアがノックされた。

「とも子、そろそろいいかしら」

「はい。もう終わりにします」

こんどは丁寧に返事をした雲井さんが「及川くん」とあらたまった声で呼んだ。

「将棋を一緒にがんばろう。将棋だけじゃなくて、勉強もだけど、この学校にいるうちにいろんな力をつけて、堂々と生きていけるようになろうよ」

「はい、きょうはありがとうございました」

雲井さん母子を事務室の先生と見送ったあと、正彦は右手に持った白杖をついて寄宿舎に向かった。左手には祖父の扇子をしっかり握っている。

長い一日で、頭だけでなく、全身がクタクタだったが、かつてなく充実した一日だった。

（研修会かあ。あの小倉先生でさえはね返されたんだから、おれも尻尾を巻いて逃げだすハメになるんだろうけど、やれるところまでやってみたいなあ）

　この先も楽しいことがたくさんありそうだと思った正彦は、たくさんの出会いに感謝した。なかでも自分たちに将棋を教えてくれた小倉先生に深く深く感謝した。

「でも、小倉先生は、自分の力じゃない。将棋の力だって言うんだろうな」

　しあわせな気持ちで白杖をつき、正彦は寄宿舎棟に向かう廊下を一歩一歩、たしかな足どりで歩いていった。

あとがき

本作には、将棋に情熱を燃やす視覚障がい者たちが登場します。

「盲人」と、かつて総称されていたこともあり、視覚障がい者というと、光をまったく感じない失明者（＝全盲）と思われている向きもあるようですが、視覚障がい者の見え方には大きな個人差があり、見え方は多様です。

法令では、「両眼の視力がおおむね０・３未満のもの又は視力以外の視機能障害が高度のもののうち、拡大鏡等の使用によっても通常の文字、図形等の視覚による認識が不可能又は著しく困難な程度のもの（学校教育法施行令第22条の３）」と「視覚障害」を定義しています。

「盲学校」は視覚障がい者のために設置されている教育施設です。「視覚特別支援学校」という名称も近年用いられていますが、「盲人教育」に熱意をもって取り組んだ先人たちの努力を引き継ぎ、そこで学び、巣立っていった先輩たちに敬意を表する意味で、「○○県立盲学校」の名称は現在も広く用いられています。

また、作中には「晴眼者」ということばがたびたび出てきますが、これは「盲人」の対義語で、目が見えるひとを指します。

本作の主な舞台は、島根県松江市にある「島根県立しまね盲学校」です。じっさいに開設されているのは「島根県立盲学校」であり、学校の所在地と建物の規模は実在の学校に準じていますが、各学年の人数やカリキュラムについては、かならずしも現実に拠っていません。それぞれの登場人物についても、特定のモデルはいません。特別活動およびクラブ活動で将棋に積極的にとりくんでいる点も、作者の創作です。

つまり、作中で盲学校の児童生徒がとりくむ『この駒、なあに?』も、『3枚の合駒』も、作者が考えた将棋の勉強法です。視覚障がい者向けの将棋ソフトについても、そうしたものが作製されてほしいという作者の願望です。

もしかすると、どこかで、すでに開発が進められているのかもしれませんが、それに関する情報は、現時点では持っていません。

ただし、「盲人の将棋指し」が江戸時代に活躍していたのは、歴史的な事実です。なかでも江戸後期に活躍した石田検校は「石田流」を考案したことで知られており、その独創的な戦法は後代に大きな影響を与えました。AI全盛の現代将棋においても、トップ棋士たちが、「石田流」から発展した戦法を採用しているほどです。

ほかにも、「実力十三段」「棋聖」と称された幕末の強豪・天野宗歩《あまのそうほ》から勝利をあげた石本検校（注1）がいたことから推察すると、江戸時代には、多くの盲人たちが、駒に彫られた文字と、漆による罫線を頼りに、ふつうに将棋を指していたのではないのでしょうか。

現代では、作中で詳述したように、五角形の駒の底面に鋲による点字が付けられており、盤もタテ横の罫線上に枠を付ける工夫がほどこされています。

昭和52年（１９７７年）に第１回大会が開催された全国視覚障害者将棋大会（旧全国盲人将棋大会）は令和５年（２０２３年）まで毎年開催されて、45回を数えています。（注２）

究極の頭脳戦であるのと同時に、人間味あふれるボードゲームである将棋が、見える／見えないという垣根を越えて、多くのひとたちに愛され続けることを願ってやみません。

本作中の、将棋に関する記述の監修は、『駒音高く』（実業之日本社２０１９年刊）に続き、わが家の次男（２００３年生まれ、アマチュア有段者）に頼みました。

創作上の責任がすべて作者にあるのは言うまでもありません。

二〇二四年十二月

佐川光晴

注1　検校とは、室町時代以降、幕府公認で盲人たちによって組織された団体「当道座《とうどうざ》」における最高位のこと。当道座に所属するものたちは、琵琶《びわ》、箏曲《そうきょく》、鍼灸《しんきゅう》、按摩《あんま》などを生業《なりわい》とし、座の運営や帳簿付け等も、自分たちでおこなっていました。

注2　2020年、2021年の大会は新型コロナウイルスの蔓延《まんえん》によりリモート将棋での開催を余儀なくされました。また、2024年は悪天候のため中止となりました。

参考文献

『新訂版　視覚障害教育入門Q＆A』　全国盲学校長会編著／青木隆一・神尾裕治監修／ジアース教育新社
「島根県立盲学校要覧　令和5年度」
「第45回全国視覚障害者将棋大会in東京」プログラム
『将棋を始めよう　ビギナーズブック』　内藤國雄著／日本将棋連盟　マイナビ出版
『NHK　将棋講座　2016年2月号』　NHK出版
『羽生の頭脳3　最強矢倉』　羽生善治著／将棋連盟文庫　毎日コミュニケーションズ

本書は書き下ろしです。

本作はフィクションです。実在の学校、団体、個人とは一切関係ありません。（編集部）

［著者略歴］
佐川光晴（さがわ・みつはる）
1965年東京都生まれ、茅ヶ崎育ち。北海道大学法学部卒業。2000年「生活の設計」で第32回新潮新人賞、2002年『縮んだ愛』で第24回野間文芸新人賞、2011年『おれのおばさん』で第26回坪田譲治文学賞、2019年『駒音高く』で第31回将棋ペンクラブ大賞文芸部門優秀賞受賞。このほかの著作に『牛を屠る』『大きくなる日』『鉄道少年』『満天の花』『日の出』『猫にならって』『あけくれの少女』などがある。

見《み》えなくても王手《おうて》

2025年2月1日　初版第1刷発行

著　者／佐川光晴
発行者／岩野裕一
発行所／株式会社実業之日本社
〒107-0062
東京都港区南青山6-6-22 emergence 2
電話（編集）03-6809-0473　（販売）03-6809-0495
https://www.j-n.co.jp/
小社のプライバシー・ポリシー（個人情報の取り扱い）は上記ホームページをご覧ください。

ＤＴＰ／ラッシュ
印刷所／大日本印刷株式会社
製本所／大日本印刷株式会社

ISBN978-4-408-53873-0（第二文芸）